诗
想
者

H I P O E M

打金枝

Da JinZhi

阿 袁 著

GUANGXI NORMAL UNIVERSITY PRESS
广西师范大学出版社
·桂林·

图书在版编目（CIP）数据

打金枝 / 阿袁著. —桂林：广西师范大学出版社，2019.12

ISBN 978-7-5598-2209-3

Ⅰ. ①打… Ⅱ. ①阿… Ⅲ. ①长篇小说－中国－当代 Ⅳ. ①I247.5

中国版本图书馆 CIP 数据核字（2019）第 204104 号

广西师范大学出版社出版发行

（广西桂林市五里店路 9 号　邮政编码：541004
网址：http://www.bbtpress.com）

出版人：张艺兵

全国新华书店经销

广西壮族自治区桂林漓江印刷厂印刷

（桂林市叠彩区西清路 9 号　邮政编码：541001）

开本：889 mm × 1 194 mm　1/32

印张：7.25　　字数：160 千字

2019 年 12 月第 1 版　　2019 年 12 月第 1 次印刷

定价：46.00 元

目 录

米 红

米红命相好。

这是弄堂口的老蛾说的。老蛾在临街的弄堂口摆个小吃摊，卖酒酿。酒酿蒸蛋，加几粒干桂圆或干荔枝，五块钱一碗；酒酿汤圆，芝麻馅儿的，十小粒，也是五块钱。都是养颜的东西，女人们爱吃，尤其是街对面的那些美容店里的妖精爱吃。妖精是老蛾在背后对她们的称呼，当了面，她也是很客气的，人家照顾了她的生意嘛，总不好一点儿人情不讲的。她们一般是近中午的时候过来，穿着睡衣，披头散发，眼圈的一周经常是乌黑青紫的。老蛾这时候便有些怜惜了，也不容易呢，年纪轻轻的，就这样在外讨生活。这么想，老蛾手下就会慷慨一些了，多放一匙酒酿，或者多放一粒汤圆，都是自家做的东西，用不着那么仔细的。夜里照例还要做一拨她们的生意，那已是十二点后了，老蛾的摊子早收了，不过，这不要紧，她们会到老蛾家里来买，老蛾的家就在弄堂第三家。她们中的一个人，或两个，拿了保温瓶过来，装个三五碗，然后到店里几个妖精一起吃，算是消夜了。这时候她们果真很像妖精的，脸上涂得五颜六色，半裸了雪白的奶子雪白的腰身。老蛾最看不得她们这个样子，不过，她不爱看不要紧，因为老蛾的儿子阿宝爱看。阿宝本来是很懒的，懒到一根灯芯的家务事也不做，但对夜里的生意，阿宝却一反常态，十分积极。阿宝谄媚地说，姆妈，你辛苦了一天，早点睡，不就是煮几碗汤圆么？简单。老蛾当然知道阿宝的心思，不过想趁机吃吃那些妖精的豆腐。吃豆腐当然也不能白吃，所以阿宝经常要拿老蛾的酒酿来借花献佛，不，是借花献妖，或借花献狐。老蛾也睁只眼闭只眼由他献——不由也不行，二十好几身体壮实的阿宝，这方面是很难管的。再说，也就是一二碗酒酿换个摸一把捏一把的，败不了家，也得不了花柳梅毒。

老蛾除了卖酒酿，还有好几个营生，其中之一就是给人看相。老蛾看相的生意不太好，比不得西街的沈半仙。沈半仙是有文化的人，戴金边眼镜，懂周易八卦，还懂麻衣相书，所以给人看相时总要引经据典，这提升了看相的格调，辛夷街的人是很讲生活格调的；而老蛾是文盲，别说周易，就是她自己的名字，一旦别人写潦草些，她都认不出的。所以老蛾看相，完全凭天赋，或者说凭自己的个人经验，是美女私房菜的那种性质，比如她说布店的老苏命中注定会离三次婚，而且最后一次一定会嫁外乡人——老苏那时还是小苏，新婚燕尔，成日和老公比翼双飞，老蛾的话，在辛夷街的人听来，那几乎是臆说了。然而后来小苏果然离了三次婚，最后的老公布店老板也果然是个外乡人，这就有些玄了，老街坊觉得不可思议。问老蛾，老蛾说，是小苏的眉毛没长好，女人的眉毛太弯曲太斜长，姻缘就会多波折，也就是说，女人的婚姻波折和眉毛的波折直接相关，而且波折的次数是成正比的。这理论没来历的，是老蛾自创的理论，老蛾有许许多多这种私房理论。这理论在米红家甚至引起了家庭争执，米红的父亲认为老蛾是信口雌黄，他是中学老师，信仰科学，反对迷信。但米红的母亲朱凤珍却还是很信老蛾的，不然，怎么解释小苏的事？米红的父亲说，这有什么不好解释的？因为心理暗示呀，既然命里要结三次婚，那还啰嗦什么？三十岁再嫁比四十岁好，四十岁再嫁比五十岁好，总之宜早不宜晚哪！一个女人，总不好拖到六十岁七十岁再嫁的，不仅难为情，也没有了行市呀！小苏本来就是个急性子，做事从不拖沓的，所以她就心急火燎地，在四十岁以前完成了命运给她的婚姻任务。

这话是很荒唐的，朱凤珍以为。但她却没办法反驳老米，老米的口才好，老米的理论水平也比她高。可她还是更信老蛾的理论，尤其是老蛾关于米红命相的理论。

老蛾认为米红的长相里，有所有的富贵征兆。米红的头发细软；米红的下颌圆润；米红的小腿丰腴；最关键的，是米红的左右食指上各有一个十分标准的螺纹，“一螺穷，二螺富，三螺四螺卖麻布；五螺六螺，养鸡养鹅”。米红的妹妹米青是四螺，米白是五螺。也就是说，她们的命，以后就是沿街走巷叫卖小生意或在家养鸡养鹅的命了。

但米红是娘娘命，老蛾斩钉截铁地说。这让朱凤珍的双颊顷刻间变得绯红，能不绯红么？她的米红将来是要戴凤冠披霞帔的娘娘呢，是要坐八人抬的——不，十六人抬的大轿的娘娘呢！虽然米青米白的命似乎不怎么样，但三个女儿里面有一个娘娘，也就应该知足了。朱凤珍不是个贪得无厌的女人。再说，一人得道，鸡犬升天。既然姐姐是娘娘，那做妹妹的，就是皇亲国戚了，是皇帝的小姨子了，两个皇帝的小姨子，命再差，能差到哪儿去？

朱凤珍偏心米红，很明显的偏心。一个谢花梨或黑芝麻饼，一分为二之后，米红吃一半，剩下的一半，米青米白再一分为二；逢年过节，米红米青米白都会添新衣裳，但新衣裳不一样，米红的新衣裳料子好，枣红灯芯绒，绿底蓝花哔叽，都是在街上百货大楼扯的布；但米青米白的新衣裳，却有些像百衲衣，前襟是这个花色，后襟可能是另一种花色，左袖是这种布，右袖可能是另一种布。米白的一条裙子，最多的一次，可以数出八种不同的布色来。穿到学校去，被同学笑话为“八国联军”——当时他们正在上历史课，老师讲到八国联军火烧圆明园，结果一下课，米白的绰号就由“米老鼠”，变成“八国联军”了，后来又演绎成了“米八国”，班上所有的同学，除了苏茂盛——米白的青梅竹马，一生的暗恋者之外，几乎所有人都把米白叫作“米八国”了。

“米八国”含沙射影，因为朱凤珍是裁缝。裁缝不偷布，三日一条裤。苏家弄里的女人们，每次看见米青米白花花绿绿的新衣裳，就会挤眉弄眼地说。米白不懂什么意思，问朱凤珍，朱凤珍一个爆栗敲到米白脑门上，说，你听她们嚼蛆。米白被敲得一头雾水，又去问米青，米青说，知道“三年清知府，十万雪花银”是什么意思吗？

米白说，不知道。

米青说，你去问老米。

米白听话地去问老米。

老米很高兴，循循然说，这是讽刺手法，也就是说无官不贪，即使号称清官知府，三年下来，也贪污了十万两白花花的银子了。

可知府贪污银子和裁缝有什么关系？

米白想这么问，但她有点怕老米，又一脸茫然地来问米青。

米青哭笑不得，世上最笨的妹头，原来不是《红楼梦》里的傻大姐，而是他们家米白。都初一的学生了，竟然连举一反三都不会。没办法，米青只好不拐弯转角地说知府了，直接说裁缝。

米白这才明白了裁缝不偷布三日一条裤的意思，苏家弄里的女人，是骂朱凤珍是贼。

难怪同学把她叫作“米八国”，原来也有讽刺的意思。八国联军抢了中国的宝贝，朱凤珍呢，偷了别人家的布给自家女儿做衣裳。

明白了的米白，就再也不肯穿那件有八种花色的裙子。

米红有一个玛瑙佩，红色的，敛翅蛾的式样。先前是朱凤珍婆婆的，缀在一顶黑皮绒帽子上，一年四季戴着，安静地坐在门口。那只敛翅蛾，就一年四季也很安静地栖在老太太的头上。朱凤珍讨过几次，米红身子弱，夜里总被梦魇住，听说玛瑙驱邪，朱凤珍就想讨了来，给米红做护身符。当然也有另一个想法，是先下手为强。那块玛瑙，色泽晶莹，通明透亮，蛾子的样子，也栩栩如生，是米家传了好几代的什物。老太太，老老太太，老老老太太，都戴过。据说每一个戴过这只朱蛾的妇人，都活过了八十多。所以，这只朱蛾，不仅是只富贵蛾，还是只长寿蛾。小姑子米香也一直虎视眈眈呢。每次来看老太太，闲言碎语里，总捎带着讥讽朱凤珍没有儿子。朱凤珍知道她的险恶用意，一直很担心，担心哪天老太太糊涂了，把这块玛瑙给了米香，可就糟糕了。米香是个死蚌性情，什么东西入了她的手，断没有能再要回来的时候。所以朱凤珍找了这个能上台面的由头，反复问老太太讨。老太太却不肯，她实在看不惯朱凤珍那沉不住气的小家样子，她都八十一了，还能活几年？几年她都等不了！几件旧东西，一个缠枝铜手炉，一个玉镯，一支银簪，她都想着法子要了去——玉镯她是没给的，那是她从娘家带来的陪嫁，她十六岁嫁到米家，上花轿前，她娘眼泪汪汪地给她戴上的，这一戴就戴到六十岁，戴到再也戴不住——以前丰腴圆润的手腕，后来干枯了，骨瘦如柴，一垂手，玉镯就要落下来。老太太只好把手镯脱了，用蓝布层层叠叠地包了，放到床头樟木箱子里去。有些夜里，她睡不着，会把它再拿出来，细细地摩挲。几十年前的好时光，就恍如昨天一样。那么清清秀秀文文静静的一个男人，私塾先生呢，没想到一到夜里，却那么有力气，蛮子一般，箍着她，箍到她喘不过气来。她差点叫出声来，他捂住她的嘴，老老太太在隔壁，咳一声，又咳一声。他总是不肯等到夜深沉，她嗔他。他不管，依然拱到她怀里。她咬着被角，双眼迷离地看雕花床上镶的瓷板画，是两个妖娆的人儿在后花园挤眉弄眼，起初她以为那是两个妇人在那儿闹春，那么衣衫鲜艳的两个人儿，可不是妇人么？私塾先生笑她，说哪里是两个妇人，分明是一男一女。那画上的故事是《西厢记》，男的叫张生，是个书生，后来进京赶考中了状元；女的叫崔莺莺，是个千金小姐，长得闭月羞花沉鱼落雁。郎才女貌，两人一见钟情。后来呢？她问，后来就颠鸾倒凤百年好合呗，他说。她不知道颠鸾倒凤是什么意思，问他，他不说，身下却更加用起力来。雕花大床被他摇出了不小的动静，老老太太的咳嗽，一声紧似一声，急鼓繁花似的明显，她实在难为情，慌忙用胳膊去摁床沿，胳膊上的玉镯，碰到床沿，叮当叮当的。那叮当叮当的声音，就在老太太后半辈子里的夜里，响了几十年。二十六岁他就没了，她那年不过二十四，二十四的寡妇。医生说，他是房事太勤，导致阳气亏损，肾精不固。老老太太听了，叹口气，没有说什么。因为这个，她后来和老老太太一直相濡以沫。

世上的东西说起来就数人最不结实了，私塾先生和老老太太已经一先一后灰飞烟灭了，可雕花大床呢，却还纹丝不动，朱红的油漆，擦一擦，仍然泛出暗沉沉的光。她经常半倚在雕花床上，眯了眼，摩挲着玉镯，心静如水。人老，玉不老呢。偶尔她会想和儿子打个商量，她死后，他能不能让她把这个玉镯带到棺材里去。有了这个玉镯，她就什么都不怕了。她现在这么老，鸡皮鹤发的，到了那边，他恐怕认不出她来了呢！可他总认得出这玉镯吧？

玉镯却被朱凤珍偷了去。有一次她去米香家住了两天，外孙子过十岁生日，她打了长命银锁过去做外婆。回来就发现玉镯不见了。她的樟木箱是锁了的，用一把錾花长方形锁，却被撬开了，什么也没丢，除了那玉镯。朱凤珍怀疑是阿宝干的，老太太不在的这两天，阿宝来过米家的。老太太心里明镜似的，却也不挑破。媳妇手脚不干净，她是知道的。可家丑不外扬，这是米家的传统。婆婆这么待她，她也要这么待媳妇。只是朱凤珍实在不应该偷了那玉镯，没那个玉镯，到那边她怎么和他夫妻团圆？也罢，五六十年过去了，他在那边或许早娶了别的女人，他的坟边，后来埋过一个小妇人，三十多岁，得美人痨死的。她提心吊胆了好些日子，每年七月半烧纸的时候，她再也不大手大脚了，而是算计着烧，她不能让他有余钱寻花问柳。那个得美人痨死的妇人，生前最嫌贫爱富了。他没钱，她应该不会缠他。

那块朱红玛瑙，她是要留给米白的。米白打三岁，就在她床上睡。冬天当她的暖身炉，人老了，畏寒，有个米白搂着睡，就不冷了。夏天又当她的蚊香。米白细皮嫩肉的，一上床，整间房子的蚊子都往她身上叮。她半夜半夜摇了蒲扇替米白赶蚊子，可早上起来，米白依然一身红斑点。她心疼孙女，让米白去和米青米红挤一挤，她们床上挂了蚊帐，还洒了花露水，米白不去，糯声糯气地说她胖，血多，蚊子咬几口，不要紧。再说，蚊子咬了她，奶奶就能睡安稳了不是？老太太被哄得那个高兴！米红米青这两个丫头从没有在她面前这么撒过娇，米青不爱和她说话，和谁都不爱说，米红呢，倒是伶牙俐齿的，可和她说话时总皱了眉，不耐烦的神情，嫌弃她呢。小时候她也在雕花床上睡过的，后来就生死不肯睡了，嫌老太太的房间里有骚味，马桶就靠床边放着，应该有骚味吧？她虽然闻不着。七老八十的人了，老的不光是曾经藕段似的胳膊，还有鼻子，她现在什么都闻不出来了，院子里的金桂，以前一到八月，那香味就铺天盖地，经常熏得她恍恍惚惚的，后来却没有了味，什么都没了味，桂花也罢，马桶也罢。

她八十四岁那年死的，七十三，八十四，再不死，没意思。

死的头天晚上，她把那块朱红玛瑙从帽子上剪了下来，用根墨绿色丝绳穿了，挂到了米白的脖子上。

但那只敛翅蛾只在米白的脖子上晃悠了几天，老太太的后事一办完，朱凤珍就把它从米白那儿哄骗了过来，给米红戴了。

老米为这事责怪了朱凤珍，都是自己嫡亲的女儿，又没哪个是抱养的，何必厚此薄彼？既然老太太在临终前把它给了米白，那就应该尊重老太太的意思，不然，老太太九泉之下会不安的。

朱凤珍撇撇嘴，老太太老糊涂了，你也老糊涂了不成？米红是长孙女，按说也应该传给她的，哪轮得上米白那个丫头？再说，一个养鸡养鹅的命，还戴什么珍珠玛瑙，穷讲究！

米红从小就知道自己是娘娘命。娘娘是皇帝的老婆，娘娘命自然是好命，但怎么个好法，她也不知道。米青却知道，米青爱看书，看过《红楼梦》，背过白居易的《长恨歌》，知道娘娘就是元春和杨玉环那样的角色。元春和杨玉环是怎样的角色呢？米红非常好奇。米青却卖关子，不说了，让米红自己去翻书。这是敲竹杠了，她明明知道，米红最讨厌的，就是翻书了。米红咬咬牙，想用零花钱收买米青。一般情况下，米青都是能被钱收买的——米青也只能被钱收买，不像米白，好对付。说几句甜言蜜语，或者开几张空头支票，就管用。三伏天的大中午，米红想吃凉拌酸辣粉皮子。凉拌酸辣粉皮子在城西，从苏家弄过去，要走半小时，坐小黄鱼一溜小跑，也要十分钟。米白给米红买凉拌酸辣粉皮子，当然不能坐小黄鱼过去，粉皮子才一块钱一碗，坐小黄鱼，要一块五或两块呢。米白只能一溜小跑，因为路上花的时间长了，凉拌粉皮子就不凉了，还会变得黏糊糊的，不清爽。米白双手捧个搪瓷缸子，在热辣辣的太阳下小跑。这样跑几次，就跑出了一身红彤彤的痱子。米青看不惯，看不惯米红的作，也看不惯米白的奴才相。

你是骆驼祥子吗？是狗腿子吗？怎么这么爱跑腿？米白挠挠脑门子上的痱子，不吱声。跑跑腿就是骆驼祥子呀？就是狗腿子呀？那她们数学老师，每天早晨还绕着护城河跑一圈呢，白跑，不如她，她跑一次能跑出一根红豆棒冰呢，能跑出一个塑料发卡呢，虽然米红经常耍赖，但也有不耍赖的时候。

周瑜打黄盖，一个愿打，一个愿挨。米青懒得管她了。

但米红怵米青，打几年前就不敢使唤米青了。米青是个青蛇精，朱凤珍说，咬牙切齿地。十一岁那年，米红想支使她去朱凤珍的裁缝铺子里送饭，平时朱凤珍都是回家来吃的，但那段时间临近花朝节，江南二月，春暖花开，大姑娘小媳妇，都要做春衫，铺子里生意特别忙，老太太就做好饭菜，用搪瓷缸装了，让米红送过去。这是米红的活，米红平日也是很爱干这个活的，她喜欢试裁缝铺子里的新衣裳，也喜欢和朱凤珍的徒弟三保斗嘴，三保眉清目秀，心灵手巧，能用五颜六色的毛线盘出很漂亮的蝴蝶纽扣。但米红那天没时间，隔壁的苏丽丽约了她去看电影。电影院正演《红高粱》呢，苏丽丽之前神秘兮兮地说，电影里面有做那事的镜头呢，一男一女，就躺在青油油的高粱地里。米红被苏丽丽的话弄得心慌意乱，慌乱里把搪瓷缸往米青手里一塞，扭身要走，但缸子米青没接，掉到了地上，饭菜打了一地。米红一个巴掌就扇了过去，米红本来就比米青大两岁，个子又高，扇起米青的巴掌来，很方便。要是以前，这巴掌扇了也就扇了，米青不过用精神胜利法，在意念里对米红刀光剑影一番。但米青那天刚读了鲁迅的《记念刘和珍君》。真的勇士，敢于直面惨淡的人生，敢于正视淋漓的鲜血。这铁骨铮铮的文字，让米青热血沸腾。米青骨子里的战斗精神，彻底被鲁迅激发了出来。米青是不可能成为奴才的，即使不幸生为奴才，也是大观园里晴雯那样敢于反抗王夫人的奴才，不是袭人那样逆来顺受巴结主子的奴才。如果是在战火纷飞的年代，她就会成为《青春之歌》里的革命者林道静。但现在没有战争，也没有大观园里的王夫人，她被激发出来的鲁迅式的战斗精神，就只能用在米红身上了。她以迅雷不及掩耳之势，捡起脚下的搪瓷缸，像扔手榴弹一样，朝米红的后脑勺狠狠地扔了过去，米红的后脑勺立刻开了花。

米青的手榴弹，带来了两颗胜利果实，一是米红的头上从此有了一粒豌豆大的疤，二是米红再也不敢招惹米青了。

当然，米青也为她的战斗精神和行为，付出了惨重代价：朱凤珍用她的量衣尺，把米青那只扔搪瓷缸的右手掌，打成了茄紫色。

但经过那次历史性的转折之后，米红和米青关系的性质就被彻底改变了，不再是蹂躏和被蹂躏的关系，而是收买和被收买的关系。

收买米青，米红非常有经验。米青不爱穿，也不好吃，按苏丽丽的说法，这丫头清心寡欲，基本是个当尼姑的料。米红咯咯地笑，她喜欢听苏丽丽糟蹋米青，虽然她不认为米青真的是清心寡欲。只是米青的欲和她们不一样，米青的欲是书店。辛夷只有一家书店，叫新华书店，就在二中门口，米青下了课，不回家，就在书店转。书店六点下班，她们学校五点就放学了。她几乎隔上一天就要到书店待上一个小时。她对书店里的书，熟悉得犹如自己的手指。什么书摆在什么位置，她闭着眼也能说出来。《简·爱》摆在书架第三层左边第二格，《七里香》摆在第四层右边第一格，《天龙八部》是畅销书，摆在最中间的位置上。不过，《天龙八部》她不想买，她已经看过了，从租书店租来看的，一毛钱一天，她看书快，五卷厚厚的《天龙八部》，她只花了五毛钱，一天一本。租书店的老板程瘸子，讽刺她，说她看书简直不是看书，是囫囵吞枣。她得意非常，这是她的独门功夫：囫囵吞枣功，在新华书店练就的。新华书店的书，都在柜台里面，不能随便翻，想翻，得让店员给你拿。新华书店有两个店员，一个马脸男，一个夜叉妇。这两个绰号，都是米青的才华。那个马脸男特别有意思，说话轻声细语，爱翘个兰花指，织毛衣，一年四季织，总是十分鲜艳的颜色，也不知织给谁穿。同桌陈娇娜说那个男人是变态，不爱女人，爱男人。他的衣服里面，穿了大红的海绵胸罩呢。米青很惊讶，却不相信，因为即使夏天，马脸男的衬衫下也是平平的，看不出有戴了海绵胸罩的痕迹。每次轮到他当班，米青的胆子就大了，拿了书，总磨磨蹭蹭地不还。马脸男等得不耐烦，就又埋头去织他的毛衣，织入迷了，就忘了米青手上的书。米青正中下怀，赶紧一目十行地看，一本书，这样看几次，也就看完了。不过，对夜叉妇米青就不太敢这样，夜叉妇会目光炯炯地盯着她。有时有别的顾客要招呼，米青能浑水摸鱼地看上半页一页的，也就是半页一页，因为夜叉妇很快就回到了米青这儿，又目光炯炯地盯着米青，米青实在坚持不下去了，只好讪讪地把书还回去。有时还会带上几分谄媚的笑。米青之后总是对自己的谄媚很不满，她这么个清高的读书人，为什么要对那个满脸横肉的夜叉妇谄媚呢？下一次，她就竭力把自己的脸板了，做出一副端端正正的表情。

但再下一次，米青又不由自主谄媚了。米青痛心疾首，或许，她只是对书谄媚，而不是对那个夜叉妇。这么想，米青略略感到有些安慰。

不管如何，米青在新华书店囫囵吞枣地看了许多书。包括简·奥斯汀的《傲慢与偏见》，包括三毛的《万水千山走遍》。

不过，有些书她还是想买。比如席慕蓉的《七里香》。里面有些诗她都能背了，尤其那首《一棵开花的树》。

如何让你遇见我
在我最美丽的时刻

为这
我已在佛前求了五百年
求佛让我们结一段尘缘
佛于是把我化做一棵树
长在你必经的路旁

阳光下
慎重地开满了花
朵朵都是我前世的盼望

当你走近
请你细听
那颤抖的叶
是我等待的热情

而当你终于无视地走过
在你身后落了一地的
朋友啊
那不是花瓣
那是我凋零的心

这种书是要珍藏于枕边的。

所以她需要被米红收买，她们两个人这方面有些狼狈为奸，米红需要收买，米青需要被收买。

收买米青的价格从几毛到几块不等，一般视事情难易程度而定，有时也视米青当时想买的书的价格而定。这一次，关于杨玉环这个娘娘的事情，米青打算要两块，她买《七里香》，正好差两块。

米红只好给两块，米青一旦开了口，从来不让讨价还价。

杨玉环的生活是怎样的呢？米红问。

锦衣玉食。

锦衣是什么衣呢？

锦衣是霓裳。

霓裳是什么衣裳？娘娘穿霓裳吗？

霓裳就是羽衣嘛，杨玉环不是有《霓裳羽衣舞》么？

那玉食呢？

玉食就是荔枝。

怎么就是荔枝呢？

一骑红尘妃子笑，无人知是荔枝来。杜牧说的。

米红非常失望。搞半天，娘娘的生活原来也没什么了不起，不就是穿羽衣么吃荔枝么？羽衣是什么？不就是羽毛？苏家弄里那些到处溜达的母鸡，全部穿的都是羽衣呢，红羽毛，绿羽毛，花羽毛，五彩斑斓。还有荔枝，也不是什么稀罕物，老米有一年到广西开会，带回来一麻袋呢，把米红吃得都流鼻血了。偷偷扔一只给脚下的芦花鸡，芦花鸡嗅一嗅，很不屑地，扭着肥臀走开了。

这样比起来，杨玉环的生活，还不如苏家弄里的芦花鸡呢。

米红不甘心。

还有呢？

还有就是"后宫佳丽三千人，三千宠爱在一身"。

三千宠爱在一身，这个好，米红喜欢。

还有呢？

还有，还有就是"宛转蛾眉马前死"。

虽然宛转蛾眉米红有些不明白，但因为有马前死，米红知道这不是一句好话。米青这死蹄子，一定是嫉妒了，所以编瞎话咒她呢。

这两块钱，米红认为基本是打了水漂。

米红和米青同一年参加中考，那年米红十六岁，米青十四岁，米青考上了辛夷最好的中学一中；米红呢，却连三中也没考上。如果要想继续读书，只能去读野鸡中学，野鸡中学也就是职高，以前叫野鹤中学，后来流变成了野鸡中学，之所以有此绰号及流变，主要归功于职高的两个名师，一个是周大魁，一个是尤小美。周大魁教画画，在瓷器上画。一把柚子大的茶壶，他能在上面画出《韩熙载夜宴图》，一个尺高的青花瓶，他能在上面画出《清明上河图》，据说他还曾为辛夷的某位领导画过春宫图。因为这个，周大魁在职高享有特权，可以用方言上课，可以趿拉着拖鞋上课，可以斜叼了香烟上课，还可以迟到早退半节课，闲云野鹤一般。职高的生态，在周大魁的影响下，普遍呈现出一种十分自由散漫的野鹤气息。职高也因此被叫作野鹤中学，这绰号虽不能算做褒义，但多少还有几分浪漫主义意思，但后来因为尤小美，野鹤就堕落为野鸡了。尤小美教英语，也教烹饪，她的英语和烹饪才华都来自一个意大利老头。这个意大利老头是她的老师，在来职高之前，她在省城一个旅游学校读大专。意大利老师教她说意大利腔的英语，教她做提拉米苏和巧克力，也教她做爱。他们就是在一次教做爱的过程中被系里发现的。因为有人举报，举报人是尤小美同宿舍的女同学，在尤小美之前，她是那个意大利老头最宠爱的学生。尤小美被学校开除了，那个意大利老头倒没受多少影响，他用中文说，是尤小美勾引他。他的中文本来是很烂的，但勾引两个字，他却用得既准确，又流利。学校对外教的政策向来宽容，勒令他停课反省一个学期之后，又开始让他上讲台了，又开始让他在他的公寓里教女学生做提拉米苏和巧克力了。尤小美在省城混了一段时间，最后一个人灰溜溜地回到了辛夷。回来后的尤小美在辛夷成了一个传奇人物。每次从街上走过，总能招来指指戳戳。没有哪个单位能要这种道德败坏臭名昭著的女人。但职高的校长是位非常年轻且有个性的校长，学曹操，不拘一格，任人唯才，亲自上门聘请尤小美来学校做了老师。这一请，学校的物种属性和格调就发生了变化，由野鹤变野鸡了。

老米不愿米红去读职高，朱凤珍也不愿意，金枝玉叶般的女儿，到那种乱七八糟的地方，不合适嘛，万一被污染了，怎么办？但米红却要出淤泥而不染。塘泥脏不脏？却能养出又干净又美丽的荷花呢。朱凤珍说，你又不是荷花，干吗要用污泥来养。米红说，我这是比喻，比喻你懂不懂？和朱凤珍说话，米红有优越感，因为朱凤珍几乎是文盲，小学都没毕业呢，裁缝铺子里的账本，总是被她记得图文并茂的。后街的俞香，做了一条裤子，8 块钱，赊账。俞字不会写，画条小鱼在上面，小鱼还长了眼睛，圆溜溜的，很像俞香。老蛾做了一个夹袄，12 块，蛾字不会写，画只蛾子在上面，蛾子肥肥胖胖的，还有两只乍开的翅膀，很好玩。朱凤珍画画的水平很高，总是三下两下，那些东西就活生生了。米青纠正她，说，那叫栩栩如生。米红最讨厌米青这么说话了，一句简单的话，她总是有办法把它说难了。好像不这么说，就不能表明她学习好一样，臭显摆！

但米红也在朱凤珍面前臭显摆了，说朱凤珍不懂比喻，老米在边上听了，不乐意，一个语文只考了五十几分的学生，有什么资格说别人不懂比喻？他清清嗓子，说，近朱者赤，近墨者黑，你懂不懂？

这个米红懂，他们语文老师的口头禅呢！语文老师和老米认识，所以她便自以为有管教米红的责任，每次看见她和苏丽丽在一起，就会语重心长地说，近朱者赤，近墨者黑。

有了老米的帮腔，朱凤珍说话就更有底气了。鸡窝出鸡，鸭窝出鸭，萝卜地里呢，就只能出萝卜。什么东西，都讲究个背景。毛豆素炒了，用蓝边粗碗装，就只是家常菜，如果用玲珑瓷碟呢，就成了“福膳坊”里的招牌菜了。

米红觉得好笑，扯什么呢？我又不是毛豆。

朱凤珍说，我知道你不是毛豆，我这不是比喻吗？

依老米的意思，米红应该到裁缝铺子里去学手艺，十六岁的妹头了，既然没有读书的天分，就应该自食其力。可朱凤珍不同意，裁缝是个侍候人的活，她自己只读了两年夜校，没多少文化，侍候别人半辈子，是活该，可米红，她以后要戴凤冠披霞帔的米红，怎么能干这活计？一日奴，终身奴。妹头的人生，如唱歌一般，开始的那一嗓子，最是要嘹亮。所以，米红还是要读书。复读初三米红不愿意，那就读高中，花钱呗。世上的事，归根究底还不都是钱的事？听说到一中读高一，找教导主任是四条好烟四瓶好酒，到三中呢，就只要两条好烟两瓶好酒了。老米好歹也是教育系统的，拐弯抹角找找人，说不定还能省下一点。朱凤珍想让米红上一中，反正他们没儿子，不用存钱买房子，也不用存钱给儿子娶媳妇，把钱用在米红身上，也算好钢用在刀刃上。可老米认为这没意义，一丁点儿意义也没有。他是老师，有经验，知道有两种学生读不出书，一种是米白那种的，完全没开窍，另一种呢，就是米红这种的，窍开得太多，不，应该说开错了窍，该知道的东西不知道，不该知道的东西，她全知道。比如她们体育老师和语文老师好上了，这事儿学校里没有谁察觉，她却察觉了，神秘兮兮地告诉苏丽丽，苏丽丽一惊诧，大声说了出来。老米听见了，吓得要命，她们体育老师还没结婚呢，才二十出头，而语文老师都四十了，是有夫之妇，且那个夫，还是副校长。老米赶紧警告米红，这事儿是不能造谣的。米红争辩说她没有造谣。那你看见什么了？老米红了脸问，也有点好奇。那个语文老师，平日那么严肃正经的女人，衬衣扣子即使在闷热的天也要扣到最上面一颗，难道真跟一个青皮后生好上了？为什么？因为校长不能满足她吗？也是，校长在外日理万机，家里的田园荒芜了，不是没有这个可能。可米红说她什么也没看见，她就是知道。老米很生气，莫非米家出了个老蛾么？能未卜先知。可米红还真未卜先知了，一个月后，那位校长夫人和体育老师的私情就东窗事发了，他们躲在体育老师的宿舍苟且时被人捉的。盛夏，学校放暑假了，大中午，单身宿舍静悄悄的，一个人影没有，一个鬼影也没有，只有蝉声连绵不歇。谁想到另两个体育老师吃饱了撑的跑到学校去，想找人打牌，还去推窗，窗户的插销坏了一些日子了，体育老师懒散，没有及时找人修，结果这一懒，懒出事了。

这事让老米很诧异，让朱凤珍问米红，她到底怎么知道的？

米红说，有一次她看见体育老师和语文老师在走廊上擦肩而过时，两人的眼风不对。

老米觉得可笑，一个十几岁的女孩子，竟然能看出男女之间的眼风。

打那件事起，他就知道这个女儿读书是读不出什么名堂的。

既然这样，还花这个冤枉钱干什么？

但朱凤珍压根没指望米红读书读出名堂，之所以要把她放到正经的学堂去，不过是想用书养养她，就好比用水养鱼，用泥养花一般。用书养出来的人，气质不一样，苏家弄里的男人，长相比老米好的不少，可没一个男人有老米的气质。拿妹妹朱凤珠的话说，就是老米有书卷气。书卷也有气味？又不是洋葱。朱凤珠的老公拿话噎朱凤珠。朱凤珍被妹夫逗得咯咯笑。然而，有书卷气的男人是不一样的，即使到菜市场买买小菜，也能买出花样来。到菜市场的路，不过几百米，老米拎了菜篮子出门，半天回不来。朱凤珍埋怨老米磨蹭，老米教育她，说他买菜，不是买菜，而是游春踏青，和陶渊明到南山，乾隆下江南，性质是一样的。都是要看花红叶绿，姹紫嫣红。

这是买菜的诗意升华，没有这升华，那周末上午的买菜，就很庸俗了，很不堪了。

这话说得有些不着调，朱凤珍其实不知道老米在说什么，但读过书的人，会升华，这一点，朱凤珍还是隐约听分明了，并且非常同意他的这个升华理论。

米红已长得如花似玉，如果再加上书卷气的升华，嫁人时，就锦上添花了。

但米红还是坚持读了职高。

因为苏丽丽的一再怂恿。苏丽丽说，她想学画青花，跟周大魁，学在柚子大的茶壶上画出《韩熙载夜宴图》，在尺高的花瓶上画出《清明上河图》，如果学会了，这辈子的好生活就有保障了。在辛夷的陶瓷街，那种茶壶和花瓶能卖几百块，如果在国外卖，那价钱就更高了，有的能卖上几千块甚至几万块呢，陶瓷那玩意儿，反正外国人也不懂，至于陶瓷上的中国画，他们就更不懂了。她表姑以前就画陶瓷，在苏丽丽家的陶瓷作坊画，后来因为表哥到西班牙留学，她过去探亲，探了两个月，竟然在马德里探出了一个陶瓷作坊。表姑不仅会画《清明上河图》，还会画牡丹，会画凤凰，那种大红大绿的鲜艳颜色，辛夷的人其实不怎么喜欢，但西班牙的人喜欢，尤其西班牙有钱的人喜欢。所以，没几年，表姑就发了财，在西班牙买了车，买了房，家里甚至还用上了西班牙女佣。表姑说，她其实不喜欢西班牙佣人，她们又懒又笨，菜烧得十分难吃，一天到晚只知道做鸡蛋土豆煎饼。表姑要她换个花样，她明明答应了，可晚上端上桌子的，还是鸡蛋土豆煎饼，质问她为什么不换，她睁着十分无辜的大眼睛说，怎么没换？她换了，现在桌上是土豆鸡蛋煎饼。表姑又好气又好笑，问她这有什么区别，她振振有词地说，当然有区别，鸡蛋土豆煎饼，是四个鸡蛋两个土豆，土豆鸡蛋煎饼，是四个土豆两个鸡蛋。和一个外国女人，你是没法和她讲理的。表姑教她做宫保鸡丁，教了好几个月，也没教会。因为到最后，她总要偷偷地在里面放一把该死的香料进去，使那宫保鸡丁，吃起来总有一股西班牙的牛屎味。表姑责怪她，她却生气了，说她自十岁就会煮菜了，她丈夫，她儿子，全部都认为她是西班牙最了不起的厨师，她不需要一个中国女人教她怎么煮菜。很自豪很爱国的语气，简直不可理喻。要不是忙着打理店，她才不愿意用外国佣人呢。表姑每次回来，总这么说。表姑从不说她作坊里的生意，总喜欢说她家西班牙女佣的事。表姑这样说的时候，苏丽丽的母亲总是一副似笑非笑的样子，似听非听的神情。她以前是表姑的老板，所以态度直到现在，也还有一个老板的矜持。但苏丽丽爱听，不论听多少次，都会哈哈大笑。她实在羡慕和崇拜表姑，也希望有一天能成为表姑那样的人，过表姑那样的生活。

逮着机会，苏丽丽就会向表姑做这样的表白。表姑是不喜欢苏丽丽母亲的，但她喜欢苏丽丽，尤其喜欢听苏丽丽的这种表白。有时喝了酒，她对苏丽丽说的话就有些多了，她说，女人的人生看上去有千万种可能，其实只有三条路，一条路是自己创业，像她这样的，这要有一技之长；一条路是当女佣，像她家的那个西班牙女人，这要有能过穷日子的美德；还有一条路，就是当婊子，这也不是女人说当就能当的，因为当婊子的女人，不仅要长得好看，还要会媚惑男人，像《聊斋》里的狐狸精一样。

苏丽丽长得不好看，所以做婊子基本是没希望了，至于女佣，苏丽丽也不想当，哪个女人的理想会是当保姆呢？所以，她只能自己创业了。

苏丽丽的创业要从学画画开始，她其实已经会画一些简单的东西，比如小鸡，比如石榴，在自己家的作坊里，在泥坯的水果碗上画了，拿到窑里烧，烧出来的东西，也像模像样的，放到店里卖，有时也能卖出去一两样。可姑姑说，如果要到西班牙发展，这点三脚猫功夫，就不够了。

那意思，以后会把苏丽丽带到西班牙去。

所以，苏丽丽一定要到周大魁那儿学手艺。

她希望米红也去，她们是形影不离的好朋友呢，在学校上厕所都要一起去，何况上高中，何况上西班牙。苏丽丽说，假如将来她到了西班牙，第一个要想法子弄出去的是米红，不是她阴阳怪气的妈，也不是她点头哈腰的爸。她最瞧不上她爸点头哈腰的样子，人家陶渊明不为五斗米折腰，他为了半斗米，都快把腰折成了虾米。她懒得看他。她要上西班牙，和米红一起去。她们一起到西班牙去挣钱，一起雇西班牙女佣，然后，再一起调戏英俊的西班牙男人——她这个长相在中国算丑的，单眼皮，高颧骨，翘嘴，同学因此都叫她翘嘴白。翘嘴白是辛夷河里最常见的一种鱼，因为贪嘴，非常好钓，尤其下雨天，竿子一甩，就钓上来一条，弄堂里经常有叫卖的，几块钱能买一小堆，很贱的一种鱼，这绰号因此有侮辱的意思。老苏家的女人，长得几乎全是这德行，包括她表姑。但表姑说，西班牙男人审美不一样，他们喜欢单眼皮的东方女人，也喜欢翘嘴女人，说性感。比方她，四十多到那儿去，还有很多西班牙男人叫她中国美人。苏丽丽听了，十分激动，恨不得马上也到西班牙去当中国美人。

可米红为什么要去？她又不是单眼皮，又不是翘嘴白，她到那儿去，或许就成了丑八怪了。这完全有可能。西班牙男人，既然能以丑为美，自然也能以美为丑，她吃饱了撑的，去那儿找死。再说，她对西班牙女佣和西班牙男人也没兴趣。

但她喜欢和苏丽丽厮混在一起，喜欢的原因有的能说出口，有的呢，就说不出口，比如她喜欢和苏丽丽互相参照的关系。在苏丽丽的参照下，米红更美了；在米红的参照下，苏丽丽更丑了。上物理课的时候，老师讲到爱因斯坦的相对论。她本来听物理老师讲课从来如听天书的，但这个相对论理论，她一下子就记住且理解了。她和苏丽丽，就是一对相对论呢。相对米红而言，苏丽丽是丑，相对苏丽丽而言，米红是美。最有意思的是，苏丽丽对这种相对，完全麻木不仁，或者说，她不以为耻，反以为荣。

为了能和苏丽丽继续参照下去，她也要读职高。学酒店管理。学校说，这种专业学出来，可以到大城市当酒店经理。米红才不想当什么酒店经理，说得好听，还不就是个跑堂的。不过跟尤小美学会做提拉米苏和巧克力，挺好，以后可以自己做了吃，或者开个糕点房玩玩。辛夷街的乔家坊，糕点卖得好贵。苏丽丽激动地说，是是是，等到了西班牙，我开陶瓷店，你在隔壁开糕点房。

职高在辛夷的繁华地段，边上有电影院，还有各种各样的小吃店。米红和苏丽丽于是隔三岔五地逃了课出来瞎逛。逃课一般都是米红的主意，苏丽丽最初是想好好学习的，尤其是上周大魁的课，她不想翘。但米红会引诱，而苏丽丽的意志又极不坚定，每次都抵挡不住米红的引诱。当然，苏丽丽把自己不能坚定的责任归咎于周大魁，她之所以上职高，是因为《清明上河图》，可周大魁一天到晚无休止让学生画的，不过是几个皱巴巴的苹果。有学生到教导主任那儿“弹劾”他，他斜叼了烟说，没听过达·芬奇画鸡蛋的故事吗？人家达·芬奇画了六年的鸡蛋，你们才几天？万里长征才开始呢。苏丽丽被吓得哆嗦，照他那意思，她也要跟周大魁画几年的苹果不成？这也太扯淡了！画苹果她何必上学堂来，在家里跟老苏学就是了，老苏会画各种瓜果，各种花草树木。她现在石榴都会画了，还画什么狗屁苹果。再说，也没人在瓷器上画苹果的，即使画丝瓜画南瓜画狗尾巴草，也没人画苹果。

所以，苏丽丽的逃课，一是因为米红的引诱，二是因为周大魁的苹果。

还有一个理由，苏丽丽不好意思说，那就是因为陈吉安。

陈吉安也是职高的学生，他学机械，确切地说，学汽车维修。他的理想是以后要在辛夷开一家最牛 × 的汽车维修店，之后再用连锁的方式，把辛夷的汽车维修垄断了。

陈吉安这样对米红说。米红有些无动于衷，她对虚无缥缈的理想，没有兴趣，而苏丽丽在一边听了，两眼灼灼发光。

苏丽丽也会无限耽溺地对陈吉安谈她的表姑以及西班牙陶瓷店。

西班牙陶瓷店在她的描绘下，已经栩栩如生了。

米红不自觉地，在心里用了米青常用的词语。

你们都是有理想的人。米红对苏丽丽说。

你们志同道合。米红对陈吉安说。

陈吉安听出了讽刺的意思，有些沮丧，也有些恼火。更恼火的是，米红故意把苏丽丽和他扯在一起。她明明知道他喜欢的是她，可她还把苏丽丽和他扯在一起，什么意思？

苏丽丽却听得眉开眼笑，无论如何，她和陈吉安确实是有理想的人，而米红，浑浑噩噩随波逐流。这一点，米红自己也承认了。

他们三个人一起看电影，苏丽丽坐中间，米红和陈吉安一左一右，锦衣侍卫一样。

或者去“李记”嗍螺蛳。“李记”的紫苏炒螺蛳，是米红的最爱。一大碗，三块钱，如果加上一瓶啤酒，三个人可以消磨半个下午。米红不喝啤酒，但有时米红会让陈吉安买一瓶，苏丽丽爱喝，但苏丽丽酒量不好，一杯之后，就面若桃花，两杯之后，就胡言乱语，三杯之后呢，人就趔趄了，偶尔会趔趄到陈吉安的怀里。陈吉安吓得赶紧扶正了她，看一眼米红，米红假装没看见。

有时陈吉安会骑了自行车到学校来。这种时候一般是因为米红想到郊区玩。辛夷河的南边有一片沼泽，里面长满了水菖蒲。一到五月，暗红色的菖蒲花就开了，花之间，还有许多宝蓝色的蝴蝶飞舞，把朴素又偏僻的郊区河岸弄得十分风花雪月。这种风花雪月的地方，陈吉安想和米红单独去，但米红不肯，总要叫上苏丽丽。陈吉安的自行车上，于是坐了两个女生，苏丽丽坐前面，米红坐后面。

陈吉安觉得很失败。他的哥们追女生，一场二场电影下来，无不成绩斐然。同桌的王建，甚至把一个女生的粉红胸罩，都搞上了手。而他，电影都看了无数场，还一点战果没有，像只蜗牛在原地爬。王建因此叫他蜗牛，有事没事就故意在他面前大声唱《蜗牛和黄鹂鸟》：啊门啊前一棵葡萄树／啊嫩啊嫩绿地刚发芽／蜗牛背着那重重的壳呀／一步一步地往上爬／啊树啊上两只黄鹂鸟／啊嘻啊嘻哈哈在笑它／葡萄成熟还早得很哪／现在上来干什么／啊黄啊黄鹂儿不要笑／等我爬上它就成熟了。

一懊恼，陈吉安不搭理米红了。

米红不在意，班上想搭理米红的男生多得是，第二天，米红就挽了苏丽丽的胳膊和别的男生去“李记”吃紫苏炒田螺了。

这让苏丽丽不高兴。苏丽丽还是喜欢和陈吉安去“李记”，米红说，人家不是没约我们吗？苏丽丽说，他没约我们，我们不会约他？这是没家教了，妹头是花，后生是蝶，世上只有蝶恋花，哪有花恋蝶？

但苏丽丽这朵花还就恋蝶了——拽了米红去找陈吉安，陈吉安本来打定主意要拒绝的，他是一个大男人，不是一条狗，可以任米红呼之即去。但看着米红那水波潋滟的眼睛，那走路时风摆杨柳的姿态，他的身体里，就犹如有千万只蚂蚁在爬，到底扛不住这种折磨，又去了。

如此反复再三，陈吉安彻底放弃了这种挣扎。

于是三人行的局面，一直持续到他们毕业。

毕业后陈吉安却成了苏丽丽的人。

许是因为灯下黑，米红之前竟然没瞧出任何端倪，直到苏丽丽告诉她。那天米红和苏丽丽去电化厂洗澡，米红的小姨朱凤珠在电化厂的澡堂子门口卖票，米红有时会带苏丽丽去蹭澡洗。电化厂在辛夷，是有钱的单位，洗澡水总能烧得很热，即使在大冬天。米红喜欢在水汽氤氲中，和苏丽丽参照自己的身子，苏丽丽的身子，是白鱼般的，扁，还瘦，经常被米红讥笑为难民。但那天苏丽丽的身子看上去有些不同，脱胎换骨般的，变得有些白了，白里还有一种桃红色，尤其是胸，饱满如七月的柚子。当她弯腰甩头发上的水珠时，那胸，动荡得让米红都替她感到羞耻。虽然苏丽丽的胸一直比米红的大——这也是苏家女性的家族特征，苏家的女人，都瘦，而胸却普遍大，局部的丰饶繁华，因为这个，米红把苏丽丽的那儿，称作经济特区。但苏丽丽以前的那种大，还是有一种闺阁的收敛，还是没开放的花苞样子——但那天，竟然是肆无忌惮的放肆，有一种恣意绽放的意思。死妹头，你被人开苞了。米红附在苏丽丽的耳边恶作剧般地说。这句话以及这句话的意思，米红是从朱凤珍那儿学习来的，朱凤珍经常这样议论苏家弄里的妹头，哪家妹头的胸或者屁股突然变大了，或者眉毛长开了，或者眼睛变飘了，她都会神秘兮兮地对老米说，这妹头肯定被人开苞了！带有几分幸灾乐祸的激动。老米经常会皱了眉批评她，尤其是在米红米青有可能听到的时候。米青什么也听不到，她总是沉浸在她书本的世界里，对整个苏家弄，都是一种置若罔闻的表情。米红呢，也假装什么也没听到，但其实呢，父母的流言蜚语，特别是朱凤珍那些粗俗的表达，她总能听得见，且听得懂，听懂之后，还能学以致用，用来和苏丽丽一起攻击她们的敌人。她们经常会趴在学校三楼走廊的栏杆上看楼下，一看见有和她们关系不好的，或者学校漂亮的女生经过，她们就会使用这恶毒的武器，呸，被人开了苞的烂货。

米红以为苏丽丽会急得跳起来，但苏丽丽没有，苏丽丽只是笑，那笑里，有一种扭捏的秘而不宣的快乐。

即使到这个时候，米红还没有意识到苏丽丽真恋爱了。

怎么可能呢？她们几乎朝夕相处，而且，在米红参照下的苏丽丽，怎么可能有机会恋爱呢？哪个男人瞎了眼不成？

但苏丽丽就是恋爱了，最不可理喻的，还是和陈吉安。

苏丽丽半推半就，又无比兴奋地，把事情经过说了出来。

那一次米红去了外婆家，陈吉安过来约苏丽丽——这是他们的模式，米红要约陈吉安，要通过苏丽丽；陈吉安要约米红，也要通过苏丽丽，不然，米红约不出来。米红家的家教比苏丽丽家严，这是自然，不仅因为他们是书香门第——因为老米的父亲曾经是私塾先生，因为老米是中学老师，朱凤珍在苏家弄，经常骄傲地以书香门第自诩；还因为米红比苏丽丽漂亮，漂亮的妹头犹如价值连城的宝贝，多少人惦记？不严防死守，说不定就着了贼手，可不漂亮的妹头呢，犹如破铜烂铁，扔在大街上，也没人捡。在朱凤珍的眼里，苏丽丽就是一块没人捡的破铜烂铁，有谁家会把一块破铜烂铁严严实实锁在箱子里呢？不让人笑话死！所以，苏丽丽的母亲才不管苏丽丽，由了苏丽丽在外野。每次米红埋怨朱凤珍管教过严的时候，朱凤珍都会这么对米红解释。米红虽然对人身不自由有些不满，但对朱凤珍的这种解释，还是有几分窃喜的。

可苏丽丽为什么会单独和陈吉安出去呢？她难道不知道陈吉安喜欢的是米红？也许，每次米红都拿陈吉安和苏丽丽打趣，她当真了，真以为陈吉安喜欢的是她。这也有可能的，苏丽丽那种二百五，最看不出男人的眉高眼低。

只是，陈吉安怎么肯和苏丽丽约会呢？而且是去辛夷河的南边看芦苇，八月菖蒲败了，芦苇又开了，陈吉安说了好几次想去，但米红一直借故推托。米红其实不太喜欢那种地方的，去那种偏僻地方有什么意思？米红喜欢繁华，不喜欢荒凉，与其让一个男生赤了脚到水里为自己采一把菖蒲花，还不如让他为自己到西门买支唇膏呢！在卤味店买只酱猪蹄呢！但这种话米红说不出口，毕竟她是老米家的长女呢，也是高中生呢，知道菖蒲花和酱猪蹄之间的差别。所以，每次对陈吉安那种风花雪月的表达，她都带几分强颜欢笑的态度。可苏丽丽是真喜欢呢，不论是陈吉安采的菖蒲花，还是陈吉安用狗尾巴草编的自行车什么的，她都当宝贝般收藏，那些小玩意儿，米红压根瞧不上，每次一分手，她就会扔了，或者给米白，可苏丽丽，即使它们枯了干了，也不舍得丢，米红骂她是花痴，很贱的菖蒲花痴。

苏丽丽或许没告诉陈吉安米红去了外婆家。

陈吉安一定以为还是三人行，才去的。

即使这样，等看到苏丽丽一个人来，他也应该把约会取消的。

却没有。

所以无论怎么想，陈吉安都脱不了干系。

苏丽丽这个二百五，把细节都说了。米红后来其实不想听了，可苏丽丽不管不顾地说。她喝了一瓶啤酒，陈吉安也喝了一瓶，两人都有点醉意，然后坐在河边看芦苇，和在芦苇里飞的一种鸟，那鸟她不认识，陈吉安也不认识，有点像麻雀，却不是，因为那灰褐色鸟的背上，有紫色背羽，在阳光下，很鲜艳。除鸟之外，还有蝴蝶，一种宝蓝色的，一种黑色的，在他们面前飞过来，又飞过去，飞过去，又飞过来。苏丽丽忍不住起身去扑，用脱下来的上衣。还真给她胡乱扑下来一只黑蝴蝶，落在草丛里，似乎受了伤。她弯腰去看。就在这个时候，陈吉安从后面抱住了她，她一动不能动，大约有几秒钟，或者几分钟，或者几个小时，天知道？之后她用手去掰开他的手，却掰不开。不知为什么，她变得软绵绵的，一丝力气也没有，后来她就更没力气了，他的手绕过来抓住了她的胸，老鹰抓小鸡似的，一手抓了一个，恶狠狠地，恶狠狠地，揉捏她。在他的揉捏下，她喘不过气来，晕，天旋地转似的晕。再后来，他们就躺在了草地上，除了头顶上那白白的天，还有在眼角边上的摇晃的那半枝芦苇之外，她什么也不记得了。

不要脸！

米红觉得苏丽丽简直太不要脸了！

陈吉安再到苏家弄来，就是以苏丽丽老公的身份了。他们很快结了婚，因为苏丽丽怀了孕。苏丽丽母亲王绣纹，托了老蛾，到陈家去提亲。这是上赶子了，上赶子不是买卖。陈家的家境本来就不太好，一家的生计，就靠老陈在十字街口摆个修自行车的摊子维持；又知道苏丽丽怀了孕，所以聘礼什么的，一个子儿也不打算出，也不说不出，只说家里现在有些紧张，等过些日子宽裕了，再议这事。王绣纹气得要命，知道这是陈家在拿他们，却没办法，谁让自家女儿不争气？只好自己掏腰包给苏丽丽打了一个二钱大的金戒指，一对金耳环，偷偷让老蛾送到陈家，再让陈家送过来，当作聘礼了。不然，面子上实在过不去。在苏家弄，还没有谁家妹头没有这两样东西嫁出去的。酒席什么的，也不好讲究了，就在弄堂口的“鸿运来”，摆了十桌，花的都是苏家的银子，陈家从头到尾，一毛都没拔——也没什么毛好拔，苏丽丽嫁的人家，是只秃瓢鸡。弄里的人都知道这事，背后着实很热闹地议论了一段时间。然而也就是一段时间，之后就过去了。毕竟这是别人家的事，当不得油，也当不得盐，还是过自家的日子要紧。再说，苏家的女儿出这种丑事，也不新鲜，之前苏丽丽的两个姑妈，还有她们姑妈的姑妈，都这样。苏家向来有出骚女人的传统。

但朱凤珍对苏丽丽的事，一直抱有空前的议论热情。她把苏丽丽的婚姻，当作反面教材，来对米红进行人生教育。妹头家，身子骨最要紧，自己把自己看得千金重，别人才把你看得千金重；自己不看重自己，别人能看重你？陈家为什么不给聘礼？为什么不出钱摆酒席？瘌痢头上的虱子，明摆着！因为苏丽丽的肚子大了，还没结婚呢，肚子先被人搞大了，这怎么行？就好比卖东西，人家钱都没付呢，就先给人用过了，东西都用过了，还付钱？人家傻呀！

苏丽丽虽然长得丑，但好歹也是王绣纹的女儿，家里是有铺子的，怎么能嫁给一个修自行车的人家，住进那么一个破屋子，听说一家五口，就挤在一个三十几平方米的平房里，人又不是箱子，能摞起来；又不是篮子，能挂起来。五口人，有男有女，加上苏丽丽，还要加上苏丽丽的儿子，怎么住？

怎么住？米红也有同样的疑惑。苏丽丽和陈吉安的新房，米红去过。他们结婚前三天，苏丽丽让米红陪她买窗帘，以及被褥，都是粉红的芙蓉花般的颜色，苏丽丽也笑得芙蓉花一般。也亏她笑得出来，墙上的腻子都没打匀，薄的地方，还能隐约看出青灰的底，如老女人熬夜后的残妆，水泥地上，涂了层暗红的漆，倒是油光可鉴，他们三个人，站在上面，影影绰绰的，有一种人在水上的幽暗缥缈。床是狭长的，还罩了蚊帐，或者说是帷幔，因为是一种很奇怪的深紫颜色，如乌篷船，紧靠中间的隔板放着。隔板那边，是陈吉安的弟弟妹妹，陈吉安的弟弟陈祥安，比陈吉安小两岁，个头却比陈吉安高，满脸的疙瘩。米红想一想夜里的情景，脸就红了。

陈吉安的母亲，端了杯茶水过来，很普通的青花茶杯，杯沿竟然缺了一块，如蛀牙，黑乎乎的，杯内有黄色的茶垢。米红迟疑着，苏丽丽赶紧帮她接了过来，很巴结的样子。米红看不过，苏丽丽这人，前世一定是丫鬟出身，所以这辈子落下了巴结人的毛病，逮谁巴结谁。可陈吉安母亲，似乎还不怎么待见苏丽丽的巴结，蹙了眉，有气无力地说了句什么。她右边的脑门上，贴了一块膏药，膏药或许贴了有些日子了，半卷不卷的，这使她看上去，有些滑稽，苏丽丽说，她婆婆有偏头痛，是生陈吉安坐月子时落下的。

从陈家出来后米红简直有点后怕。差一点，或许就差一点，这个面黄肌瘦脑门上贴膏药的女人，就成了自己的婆婆了；那个满是茶垢的杯子，就成了自己家的杯子；那个潮湿阴暗的小平房，就成了自己要过一辈子的地方。其实，当初陈吉安绕了苏丽丽的眼，花痴般直直看她的时候，她也慌乱过的，是风过荷塘花叶婆娑的乱，毕竟陈吉安长得很帅，有一双王家卫般的忧郁眼睛；毕竟她豆蔻年华，也早谙风月，但她管住了自己的花叶婆娑。想起自己书香门第的出身，想起自己对老米和朱凤珍的诺言，她是荷呢，要出淤泥而不染。陈吉安或许不是污泥，但陈吉安的父亲绝对是。那个街口的修车摊子，她是看过的，苏丽丽带她去看的，看过那摊子之后，她就死心了，她是无论如何也没法爱上陈吉安了。他娶不了她的，她是娘娘命，以后是要过锦衣玉食的生活的。虽然锦衣玉食的生活到底是什么样子，她不知道，但至少，不是陈吉安家这样的生活。

十几岁的米红，就非常清醒地知道这一点。

苏丽丽却无比幸福地沉浸在这种生活中，每次在弄堂进进出出，她笑得如芙蓉花一般，不是粉色，是亚热带女人的暗黄，就那么暗黄暗黄地斜插在陈吉安的怀里，也好意思。朱凤珍说，苏家的女人，都好色。确实，苏丽丽的两个姑妈，嫁的也是长相好的男人，长相好得如灯笼，把黑乎乎的苏家弄，照得亮堂堂的，但那是二十年前，二十年前苏家的两个姑爷，是两盏明艳艳的灯笼，二十年后，这两盏灯笼就暗了。那两个男人，如今走在苏家弄，屁股都是夹着的。别的男人做裤子要四尺布，他们俩，三尺五就可以了，因为两瓣屁股被他们夹成了一瓣，省下五寸布了。

朱凤珍说，很刻薄地。

看男人生活好不好，不用看脸，看屁股就行了。

春风得意的男人，屁股会如花一般恣意开放，但穷困潦倒的呢，就缩成卷心菜了。

但年轻时不自觉，所以陈吉安现在也把自己当灯笼，和苏家的两个姑爷当年一样，把苏家弄照得明艳无比。

在这种明艳里，米红偶尔会有些惆怅。

倘若斜插在陈吉安身上的，是自己。那画面，会不会更美一些呢？单论长相，她和陈吉安，才是红花绿叶两相扶的关系，而苏丽丽的样子，哪配得上？

这么一想，米红刹那间就面若桃花了。

但想象一旦蜿蜒，蜿蜒到陈吉安的家里，米红就会戛然而止。

怎么说，她不应该过那种贫贱生活。

之后就是孙魏。

孙魏是老米的同事，一个教研室的同事，在办公室和老米面对面，面对面了半年，老米看上了他，话里话外的，就暗示孙魏，他可以追他的女儿米红。

米红孙魏见过，孙魏之前到老米家吃过饭，老米吹，他们家有两绝，一绝是老米母亲做的粉蒸肉，他母亲做的粉蒸肉好吃，有多好吃呢，好吃到能让人以身相许——这可不是乱说，当年那个私塾先生一吃这道菜，就决定娶他妈了；另一绝就是他女儿米红，米红长得好看，有多好看呢？好看到和《陌上桑》里的秦罗敷差不多。

孙魏笑，老米还真是狡猾，他家的私塾先生，早喝了孟婆汤了，还记得这事？就算记得，孙魏也不能追过奈何桥去问他；而《陌上桑》里的秦罗敷长成什么样，谁知道？

不过，在老米家吃过饭之后，孙魏觉得老米对老太太的粉蒸肉和米红的描述，基本还是写实主义的。

不说以身相许，至少让孙魏耽溺了。

所以，那段日子，孙魏频频出入老米家。

这让教研室的薛大姐气愤不已。老米这个人，太不地道了，太下作了，太没有自知之明了，自己的女儿，什么货色？一个野鸡中学毕业生，一个无业游民，怎么配得上孙魏？孙魏条件多好，堂堂省城师范毕业生，一表人才，品学兼优，家世又好，父母都是省城的国家干部，能娶他女儿？一个小裁缝的女儿？癞蛤蟆想吃天鹅肉么？！

只要老米不在，薛大姐就会这么点拨孙魏。

除了言语点拨，薛大姐还用了其他的手法，以毒攻毒的手法。

老米家不是有粉蒸肉么，她也有个拿手好菜，芙蓉鱼，用西红柿和鳜鱼搭配，出来的效果，是毛泽东的《沁园春·雪》，“看红妆素裹，分外妖娆”。再说，食肉者鄙，粉蒸肉再好吃，也是下里巴人，而芙蓉鱼，却是阳春白雪。境界不同的。

陪孙魏一起吃芙蓉鱼的，是薛大姐的女儿赵朴素，赵朴素大专毕业后，分配在辛夷文化馆上班。

打孙魏分到学校来的第一天，薛大姐就有想法了，但她一直用很委婉的方式，表达自己的想法。知识分子嘛，做事总不好太直白的。可老米这个家伙，一上来就急赤白脸的，几乎用开门见山的方式，对孙魏点题了。生生把她逼得也不能委婉了。

教研室就他们三个人，气氛十分紧张了。

老米明修栈道，薛大姐也暗度陈仓——其实也不暗了，因为学校的同事都知道了这事。

两人都有杀手锏，也都有死穴。米红长得好看，但没有工作；而赵朴素呢，在文化馆工作，但长相又过于人如其名，太朴素了！朴素到在男人面前，如穿了隐身衣一般。

鹿死谁手，难说，学校的同事为此打上了赌。男老师百分之八十赌老米赢，女老师百米之八十赌薛大姐赢。

赌金是一顿饭，“福膳坊”的一顿饭，档次不能低，至少每人要有一盅木瓜雪蛤，男老师说，不对，至少每人要有一盅杞鞭五味汤。

男女老师都激动万分，等着看一场好戏。

形势看上去似乎对老米有利一些。因为孙魏到老米家吃粉蒸肉的次数明显比到薛大姐家吃芙蓉鱼的次数多，差不多是2:1的比例。

而且，孙魏不仅到老米家吃粉蒸肉，还和米红到电影院看电影；可孙魏和赵朴素，似乎还只是停留在一起吃芙蓉鱼的阶段。

女老师有些着急，暗中帮薛大姐游说孙魏，说女人的美，如时令蔬菜，节气一过，就蔫巴了。婚姻中最重要的，还是经济基础，以及共同的文化基础。

男老师说，又不是两国建交，要什么经济文化基础？

都以为这事由孙魏说了算。

孙魏自己也以为，所以那段时间他简直有齐人一妻一妾的施施然。

结果谁也没料到，大半年之后，米红突然和另一个男人订婚了。

那个男人叫俞木。

俞木是谁没有人知道，但俞木的父亲俞麻子，在辛夷是个角儿。

辛夷有一半房子的装修，都是由俞麻子的公司做的。

俞麻子十年前是个木匠，会一手绝活，他能打出红木太师椅，打出明清式样的雕花八仙桌，和明清式样的乔台。辛夷的官宦人家，几乎都有一张经俞麻子之手打出来的那种八仙桌和乔抬，两把红木太师椅，摆在客厅里，乔抬上方再挂一幅中堂，上面画了江山多娇，或者松鹤延年。

坐在那种太师椅上接待客人，那样子，有点像坐在龙椅上。

辛夷的官宦，都喜欢坐龙椅的感觉，于是，俞木匠后来成了俞总。

俞木和米红认识的方式，按米青的说法，有点像西门庆和潘金莲。只不过，两个人反串了一下，是米红在街边走，而俞木在楼上。当时他正蹲在二楼的窗台上给人装防盗窗，手里的一根细木棱子没抓紧，掉了下去，正打在米红的头上，米红一抬头，俞木就一见钟情了。

米红并没有一见钟情，就俞木那样子，米红不可能和他一见钟情，被陈吉安爱过且正被孙魏爱着的米红，在男人长相这个问题上，口已经被养得很刁了。何况俞木长得也确实有点寒碜，那额头，像屋檐一样飘出来，而下颌，又非常上翘。米青见过之后，忍住笑，说，他这是首尾呼应，做文章的老套路。

米红讨厌米青这样说话，生怕别人不知道她会写文章一样，竟然把别人的脸，也说成是写文章。

但俞木出手的阔绰，弥补了他的“首尾呼应”。他给米红买的第一件礼物，是条手链，金手链。

米红还没有收过男人这么贵重的礼物。三保给她的，是毛线盘的纽扣；陈吉安给的，是南郊采的菖蒲花；孙魏还什么也没给过，每次到她家来吃饭，基本都是空手而来——有那么一两次，好像带过一瓶白酒，可白酒是送给老米的，和米红有什么关系？

所以，俞木的金手链，对米红而言，简直有鸿蒙初辟的意义。

鸿蒙初辟的结果，是米红开始偷偷和俞木来往了。

也不算过分，米红想。米青不是说，她的命相里，是有三千宠爱于一身的吗？可她现在，不过两爱于一身，离三千，还差得远。再说，她和孙魏，不是还没有确定恋爱关系吗？虽然老米一直很积极地张罗这事，认为这是米红千载难逢的机会，甚至说什么过了这村就没这店之类的话。但朱凤珍不以为然，不就是个中学老师吗？和老米一模一样的中学老师，米红嫁了他，过的不也就是她朱凤珍这样的生活？既然只是朱凤珍这样的生活，那有什么好积极的？老米这个人，什么都好，就是太胸无大志。朱凤珍和米红这么说。米红也这么以为，所以对孙魏，一直也是无可无不可的姿态。

不过，孙魏是外地人，可以倒插门，这一点，让朱凤珍还是很动心的。老米说，老薛之所以和他争得死去活来，也是因为看中了孙魏的这个条件。老薛就赵朴素一个女儿，自然也想找个能倒插门的女婿，可辛夷的风气，最忌惮儿子到别家倒插门了，除非家里穷得实在上无片瓦下无立锥之地，否则，没人愿意。

因为这个，朱凤珍对米红说的话，偶尔又会折回来。孙魏这后生，其实也还是不错的。不然，人家赵朴素，在文化馆工作呢，能看上他？

要不是听说了赵朴素这个人，米红对孙魏，或许就更没有兴趣了。

老米把赵朴素吹得天花乱坠。这是语文老师老米在用修辞了，侧面烘托，和课文《陌上桑》一样的手法。老米的用意，自然是要让米红充分认识到孙魏之好，从而增加危机意识。一只猪吃食，挑三拣四；两只猪吃食，争先恐后。老米的丈母娘，以前养过猪，经常用她养猪的经验，来说养人的事，或世上其他事。对老太太而言，世上不管什么事，都和养猪差不多。每次听老太太说得唾沫横飞，老米就乐不可支。老子说治大国如烹小鲜，在老太太这儿，简直是治大国如养猪。不过这一次，老米还真用到了老太太的那个喂猪理论。米红听了，果然就有争先恐后的意思了。当天晚上吃过饭后，她就把孙魏送到了弄堂口。她以前从来不送孙魏的，即使老米开口叫她送，她也没送过。但那天米红主动提出送了。弄堂里的路灯有点昏暗，喝了几杯白酒的孙魏，走在温柔的米红身边，春心荡漾得差点儿想做点什么了，如果不是阿宝哼着小调从对面走过来了，或许孙魏就做下了。

赵朴素后来米红去看过了，和苏丽丽一起去的。苏丽丽现在身怀六甲，还爱跑，经常跑回苏家弄来，给王绣纹打工。在作坊里画只碗呀碟呀的，挣点钱，给陈吉安买烟抽，或给婆婆买药，苏丽丽这个人大公无私，从来不给自己买什么，也从来不给王绣纹或老苏买什么，因为这个，王绣纹恨得咬牙切齿，女生外向，看来一点不错。难怪人说嫁出去的女，泼出去的水。心一横，给苏丽丽的工钱，就算得很苛刻，和其他的画工一样，每只碗碟两块钱，如果不小心打碎了什么，还要从工钱里倒扣。

苏丽丽对米红说，这哪是妈，整个一个女周扒皮，难怪以前表姑说她恶。

每次画碗碟画累了，苏丽丽就到米红这儿来，发发牢骚，或说说私房话。

除了苏丽丽，米红几乎没有其他女友。所以，苏丽丽一过来，米红也很高兴。

米红说了赵朴素，苏丽丽听了十分激动，马上怂恿米红去文化馆。苏丽丽这个人，向来有点疯魔，一遇什么事，总是说风就是雨的。她的这种性格特征，和米红倒是互补的，因为米红的性格完全不同，米红干什么基本都是三寸金莲的姿态。左顾右盼，一步三摇。不过，苏丽丽的疯魔，经常会把米红的三寸金莲席卷了。

两个人鬼鬼祟祟地去了文化馆。赵朴素的办公室在二楼，她们假装成找另一个人，把赵朴素很潦草地看了一遍。

虽然潦草，但大致还是看清楚了的。看过之后，米红觉得有点索然无味。被老米吹得天花乱坠的赵朴素，原来和米青长得差不多，都是削肩，都是平胸，都戴着眼镜。

还不如苏丽丽。苏丽丽虽然是翘嘴白，虽然是暗黄皮肤，可她至少有胸，不一般的胸，夏天洗澡后穿一小背心，和米红一起在街上闲逛，男人的眼光经常会像觅食的鸟儿一样，贪婪地落在苏丽丽那儿。这让美人米红都有些吃醋，有时不高兴了，就让苏丽丽套上一件衬衫，男人吃你豆腐呢，你不知道？

可赵朴素连豆腐都没有，身体板得如街边的一棵老樟树。

和一棵老樟树争风吃醋，米红觉得有点胜之不武。就算赵朴素是文化馆的一棵樟树，又怎么样？终究不过是一棵樟树。

米红有点沮丧，孙魏竟然在她和一棵樟树之间犹豫不决。以她的骄傲，她应该拂袖而去的，但她没有，老米是一个原因，米红自己是另一个原因。其实米红压根也不想就这样拂袖而去，说到底，这个男人还没有被征服呢，所以，即使要拂袖，那也要等他完全拜倒在她的石榴裙下，再拂袖不迟。

当然，这也只是说说，就算他匍匐在地了，米红最后也不会拂袖的。对男人，米红是韩信点兵，多多益善——这句话，本来是老米用来批评苏丽丽二姑姑风流成性的，可米红听了，觉得那简直不是批评，而是表扬，其实哪个女人不想当韩信呢？有没有这种本事罢了！

所以，在孙魏之外，再加上个俞木，也不过小菜一碟。

再说，孙魏也不是一心一意，米红这么对朱凤珍说。朱凤珍是知道俞木的，也看过那条金手链。手链是周大福的，虽然有点细，一钱多，却是 24K 足金的。——到底是俞麻子的儿子，出手就是不凡。

朱凤珍因此睁只眼闭只眼，由了米红骑驴找马。

马的速度果然比驴快。孙魏虽然有老米的支持，是父母之命媒妁之言的意思，但他对米红，一直是文质彬彬的；可俞木呢，上来就很野蛮。第一次和米红约会的时候，就想对米红动手动脚，但米红守身如荷——灯笼一样明艳的陈吉安在她这儿都没有占过什么便宜呢，何况首尾呼应的俞木。

但金手链之后，米红守身如荷的决心就有些动摇了。毕竟吃人嘴短，拿人手短。老米也经常说，来而不往非礼也！可她拿什么往呢？总不能也送俞木一条金手链。米红一穷二白，送不了。再说，就算米红有钱送，估计俞木也不想要金手链，他显然想要别的。这别的，米红是断断不能给的，朱凤珍打小教育她，妹头的身子，是千金之躯。千金之躯呢！难道俞木一条一钱多的金手链就能败了它，不可能！她又不是苏丽丽，能把自己的千金之躯在芦苇丛里白送了男人？这也太慷慨了些，就算这男人是灯笼一样明艳的陈吉安，对米红来说，也不能。

但老米的“来而不往非礼也”也有些意思，礼不礼的米红倒是不管，可总不往的话，恐怕来就成问题，米红还想要一条周大福的金脚链呢，那脚链和手链是一套的，都是鱼鳞般的细纹图案，灯光下一转动，波光粼粼，让人眼花缭乱。俞木带她到店里去看过，并且许诺说，只要做了他的女人，莫说一条金脚链，就是十条，他家也买得起。

十条金链戴在雪白的脚踝上，那是一种怎样的灿烂，米红光是想一想，就有晕船的感觉。下一次俞木再动手动脚的时候，米红就基本采取“一国两制”的方针——这也是老米和朱凤珍教育的兼收并蓄，既做到了有来有往，又保存了千金之躯，也算两全其美。

这一半一半，米红做得泾渭分明。在改革开放那部分，俞木基本能信马由缰，可一旦到了闭关自守那部分，俞木秋毫不能冒犯，一冒犯，就会遭到米红的负隅顽抗。

对这攻与防的游戏，两人都有些乐在其中。

如果不是有一次被孙魏撞到，或许米红还能这样左右逢源一段日子。

按说，孙魏怎么也不会走到北城去，北城是新城区，离孙魏的学校和宿舍很远，也没有什么商铺，平日走动的人很少，尤其下雨天，人就更少了，可以说杳无人烟，所以米红才敢在大白天，借了伞的掩护，由了俞木在她身上改革开放，没想到，竟然会被孙魏撞个正着，当时孙魏离他们只有十几米，什么都看得清清楚楚。

常走夜路总会碰到鬼。后来苏丽丽这么对米红说，有些幸灾乐祸。

孙魏再也不来老米家了。

也没去薛大姐家。

几个月后，孙魏离开了辛夷。他考上了省城师大的研究生。

学校同事打赌的那顿“福膳坊”的饭，算是彻底泡了汤。

和俞木订婚前，米红去俞家看过，隔了围墙看的，是一幢独门独院的三层小楼。雕花铁门里，有几棵长得很茂盛的柚子树，正是六月，青柚子长得已经有拳头那么大了。俞木说，再过两个月，这树上的柚子，就会变成一坛坛腌柚子皮了。他妈姜其贞做的腌柚子皮，是老俞最爱吃的小菜。姜其贞长得五大三粗，腌的柚子皮却花朵般细致。柚子下树后，去瓤，皮切成花瓣大小的片，用水浸泡几日，漉干，加豆豉、紫皮蒜、红尖椒，然后装坛密封，一个月后开坛，装到小碟子里，再滴上几滴小麻油，就成了老俞的人间美味。老俞每顿饭都要吃上一小碟，一年三百六十五日，餐餐都离不得，即使到外面吃饭，也要随身带个小玻璃罐罐，里面装上几片红艳艳的柚子皮。不然，就食之无味，哪怕满桌的山珍海味，也没用。就凭这一小碟腌柚子皮，姜其贞在俞家还能说上几句话——姜其贞平日很少开腔，可一旦开了腔，老俞还是听得进去的。俞木的嫂子有心，想讨好公公，缠着要学，姜其贞死活不想教，缠到最后，教倒是教了，可教俞木嫂子做出来的腌柚子皮，看上去挺好，但吃起来却不是那么回事，老俞吃一口，就不吃了，俞木的嫂子怀疑婆婆留了一手，在哪个环节留的呢，却怎么也琢磨不透。

朱凤珍听了，说，你嫁到俞家后，第一件事，就是学会姜其贞的腌柚子皮。

怎么学会？姜其贞既然不肯教大儿媳妇，难道又肯教小儿媳？

你不会偷学么？你看三保，我没教过他做旗袍，他会做旗袍了；我没教过他做中式夹袄，他也会做中式夹袄了。这叫偷师！师傅哪能什么都教你？教会徒弟饿死师傅呀！所以这事不怪姜其贞，全天下的师傅都一样，我每次裁衣时，一到要紧处，也总要把三保支开，不然，他一下全学会了，还不自己开铺子去？辛辛苦苦手把手地把他带出来，好不容易带到能帮着干活了，不让他在铺子给我多做几年长工，能划算？

难怪三保裁出来的衣裳总差那么一点点火候，原来是朱凤珍在搞鬼！

这么说，姜其贞做腌柚子皮时也用了朱凤珍的招数，在最要紧的地方把俞木的嫂子支开了？或许少了一道工序？又或许少放了哪种配料？哪种配料呢？罂粟壳么？听说后街的狗肉店里的砂钵狗肉就放了罂粟壳的，所以那些顾客吃了还想吃，吃上瘾了！可姜其贞不会为了笼络住老公，给自己老公吃罂粟壳吧？

也难说呢，那么丑的女人，要拿住财大气粗的男人，不下毒手，怕拿不住。

米红和苏丽丽说这事的时候，苏丽丽吓得倒吸了一口气，嫁入豪门也太可怕了吧！历史书上，八国联军对付清政府，用的不过也是鸦片，难道姜其贞想当八国联军不成？

苏丽丽的话，总是有些不太靠谱的，但嫁入豪门这一说，还是让米红隐隐有些得意。

在辛夷，俞麻子家，应该算得上豪门吧？

那么大的一栋洋楼，对住惯了逼仄局促的苏家弄的人来说，那是太有诱惑力了，即使是人民教师老米，也有些扛不住。老米本来是反对这桩婚事的，坚决反对，脑子有毛病么？孙魏不嫁嫁俞木，一个装潢工，还长成那德行，匪夷所思嘛。但看过俞木家房子之后，老米觉得不那么匪夷所思了。他们学校的老师，为了一套一室一厅三十几平方米的旧宿舍，都能争得你死我活，把《孙子兵法》和《三十六计》都用上了，平日很正派的男老师，这时也会挑拨离间了，在校领导面前无中生有釜底抽薪；平时很清高的女老师，这时也会用美人计了，在校领导面前莺声燕语花枝乱颤。学校被闹得乌烟瘴气，老师们斯文扫地。就为了那区区三十几平方米。可米红一结婚，婚房就二十多平方米了。俞木说，米红和他结婚后，住二楼西边的大房间。朱凤珍还有意见呢，问，为什么不住东边的房间？东边的房间光线更好呢！光线更好自然是真的，更重要的，是风水更好。朱凤珍迷信，东边比西边吉祥，东边也比西边富贵。老戏文里的娘娘和太子，都是住在东宫的。辛夷的人，稍上点年纪的，都知道这个。所以，许多人家的横联就写着“紫气东来”呢！没有谁家的门联上会写“紫气西来”。可东边的房间俞木的哥哥俞树已经住上了，人家是长子，长子长孙，轮不上俞木呢。

不单房子，俞家最让人垂涎三尺的，还是十字街口的那个装修公司，赫赫有名的“树木装修”。

虽说现在公司负责打理的人是俞树，但作为俞家的二公子，俞木总有一半家产吧？

朱凤珍这么嘀咕的时候，米红不说话。公司什么的，她不感兴趣，那是男人的事儿。还不如俞家有保姆这事儿让她激动。俞家竟然有保姆，是个三十几岁的白白净净的妇人，米红第一次在院子里看见她，她正在给围墙下的南瓜藤浇水，米红以为是俞木的大嫂，正不知如何招呼，俞木看出来了，附耳对她说，这是我家保姆。

那一刻，俞木那张“首尾呼应”的脸，变得花一般好看了。

或许锦衣玉食的生活，不是米青胡诌的那样，穿什么羽衣吃什么荔枝，而是住在这种雕花铁门里有保姆侍候的生活吧？

米红的婚事办得很排场。

这是自然，俞麻子在辛夷也是有头有脸的人物，他儿子结婚哪能马虎了？而且米红，又是俞麻子十分满意的儿媳。人长得好不说，家里还是书香门第，这两样，都十分符合俞麻子的理想。俞麻子在娶儿媳这事上，是有理想的，两个伟大的理想：第一，俞家是木匠出身，粗人，没文化，所以想娶个有文化的儿媳；第二，以前俞麻子因为相丑，家穷，娶的老婆姜其贞呢，也丑陋，所以要娶个好看的儿媳。龙生龙，凤生凤，老鼠生儿打地洞。结果，他和姜其贞，生了一窝小老鼠：两个儿子俞树俞木，两个女儿俞花俞朵，个个名不副实，细眉狭眼，獐头鼠目，简直和《十五贯》里的娄阿鼠长得一模一样——群艺馆演《十五贯》的时候，陈木匠笑嘻嘻送他一张票，他还纳闷，陈木匠和他关系一向不好——因为手艺不如他，就总爱说些酸溜溜的话儿，做些酸溜溜的事儿，这一次怎么这么好心？虽然纳闷，老俞还是去看了，他爱看老戏，况且，一张戏票好几块钱呢！一看才知道陈木匠这瘪三没安好心，因为那台上的娄阿鼠，和他家俞树俞木太像了，一个模子印出来一般。操他妈，不，操他妈划不来，他妈鸡皮鹤发，应该操他老婆——陈木匠的老婆，长得和坐莲观音一样，因为这个，陈木匠经常在老俞面前炫耀。家财万贯，不如娇妻一个。陈木匠得意扬扬地说。可娇妻这事，老俞这辈子怕是没指望了——姜其贞又不是孙悟空，会七十二变？自己只有等下辈子了。不过，俞树俞木不必等下辈子，这辈子就能娶个坐莲观音给陈木匠那狗日的看。

所以俞麻子的第二个理想，就是要娶个好看的儿媳。

娶大儿媳时，他就扬言了，要为俞家引进优良品种，这一点，俞树没意见，他对自己长成这德行也不满意呢！但什么样的女人才是优良品种，父子俩意见不统一了，老俞认为优良的，俞树看不上，俞树认为优良的，老俞又看不上。女人如果是树，就好办了，柚木比桃木好，樟木比松木结实，这没有两说的，可女人不是树，父子俩就矛盾上了。矛盾到俞树二十五了，还没有结果，姜其贞急了。穷家无大女，富家无大郎。在辛夷，即便是穷家的后生，二十五也该成家了，何况他们老俞家的儿子。早栽树，早乘凉；早种荞麦，早吃粑果。又不是你老俞娶老婆，你总插一杠子算什么？一个做公公的，对儿媳的长相挑三拣四，传出去，让人笑话。

姜其贞这么一说，老俞只能讪讪作罢了，由了俞树娶了一个他不喜欢的儿媳——皮肤那么黑，黑到太阳一落山，就不见人影了。老俞说，满大街都是雪白的女人，你怎么偏偏给老子弄回一个黑不溜秋的东西？俞树说，你以为满大街那雪白的女人是真的雪白，那是粉搽的！不信，我让我老婆雪白个给你看。

第二天，儿媳果然搽了个雪白的脸，到老俞眼跟前来晃悠。

老俞被气得说不出话，那也叫雪白？和家里的花面狗差不多，白脸，黑身子，连十个爪子都是漆黑漆黑的。

但米红，老俞一见就中意了。不光肌肤雪白，而且还溜光水滑——这尤其重要，俞麻子自己小时候得过天花，一张脸被麻得坑坑洼洼，所以就更偏爱那些溜光水滑的女人。

俞木这小子，什么都不如俞树，可找女人的眼色，倒是比俞树强。

老俞很高兴，一高兴，那张麻脸就红梅点点开了。

老俞脸上的红梅一开，事情一般就好办。俞木把这个秘密告诉了米红，米红又把它告诉了朱凤珍。朱凤珍本来就想狮子大开口的——俞家有两个儿子呢，这时候不争白不争，不要白不要，俞木这一告密，朱凤珍的口于是张得更大了，简直张成了血盆大口：一张红礼单上，密密麻麻写满了——金耳环金项链金戒指金手镯金脚链，满房樟木家私，四季锦绣绸缎衣裳，还要八千谢爷娘的果子钱。姜其贞不高兴了，谁家还不养个女儿，没见过这么穷凶极恶要彩礼的，搬弄着老俞撂手。她其实不怎么喜欢米红的，也太狐媚了——还没过门呢，就把老的小的弄得人仰马翻。可这事姜其贞搬弄不动，还没怎么开口呢，俞木就罢工了。他干活本来就是三天打鱼两天晒网的，这下子，成日晒网了。老俞说，反正这家业，到最后也都是他们两兄弟的，早花晚花而已，花在娶媳妇这事上，是正经，不算败家。

老俞这一说，就算拍板了。

姜其贞不说什么了。

不过，婚事所有的开销，都记了账，俞树媳妇记的。

米红结婚那天，苏家弄的女人，都变成了叽叽喳喳的喜鹊，尤其是老蛾，见谁就说，我早就知道，我早就知道，米红是要过好日子的，她相带富贵呢！

只有王绣纹不吱声。王绣纹那天连婚宴都没吃，说胃不舒服，让老苏送了个瘪瘪的红包过来，算随礼了。

米青也没参加，她那时人在北京读书呢，北师大中文系，二年级。朱凤珍想让她请假回来做伴娘——有在北京读大学的妹妹做伴娘，给姐姐长脸呢，俞家不是作兴有文化的嘛。朱凤珍想让米青的文化，把俞家的风头压住。可米青说，她要考英语四级呢，没空回来。朱凤珍痛心疾首，这个没心没肺没情没义的东西，读书把脑子读坏了么？姐姐结婚这样的大事，竟然也不能耽搁几天。可米红无所谓，有什么了不起的？死了张屠夫，不吃混毛猪。她不去正好，让苏丽丽去，比起米青来，她和苏丽丽才更像姐妹呢。

婚后米红在俞家，过的差不多是少奶奶的生活。

家里有保姆，还有婆婆姜其贞，所以家务米红不用动一根手指头。保姆负责买菜做饭拖地等所有的事，姜其贞呢，除了腌柚子皮，剩下的，基本就一件事，负责监管保姆。排骨买回来，保姆说两斤，姜其贞偷偷用秤约一下，一斤九两，整整少了一两，但姜其贞不会马上说保姆，在日历上做个记号就是了；地拖完了，角落里有根头发，还有水渍，姜其贞也不说什么，当了保姆的面，把头发丝捡起来，放到垃圾桶里，再蹲下来，用抹布把水渍擦了。

姜其贞胖，蹲下来的时候，十分缓慢沉重，那屁股撅得，如拱身埋头在槽里吃食的老母猪一样，难看得要命。

大儿媳碰上了，看不过，训斥保姆。姜其贞赶快制止。

以姜其贞的人生经验，世上有两种人你得罪不起：一是郎中，你得罪了，可能请你吃错药扎错针——她三姨姥就是这样，平日说话刻薄，总是夹枪带棒，也不论那棒下是谁，总是乱抡一气，有一次也不知怎么把郎中抡着了，结果，不过是个痛风的毛病，人家几针扎下来，生生把她的嘴巴扎歪了，之后别说抡人，就连一句囫囵的话都说不了；除了郎中，第二不能得罪的呢，就是保姆，保姆出入厨房，一家的咽喉之地，如果对主人有了怨怼，轻则让你在菜里吃鼻涕口水，重的呢让你吃砒霜。这在辛夷也有前科的，很轰动一时的前科——女主人头一天因为什么事和保姆起了口角，那保姆也不是盏省油的灯，女主人说一句，她顶一句，寸土必争，丝毫不让，把女主人气得瑟瑟发抖，那家的女儿刚从外面进来，年轻人，脾气坏，容不得保姆的嚣张，冲上来就给了保姆一巴掌，结果，保姆第二天就在菜里下了毒，一家四口，除了那女主人因为胃口不好没怎么动筷子之外，其余的，男主人和一儿一女，都被保姆送上了西天。

所以，姜其贞一直不肯请保姆，把一家老小的性命交到保姆的手心里，她不放心。但这些年，她得了高血压，心脏也不好，房子又大，一层楼的地拖下来，就腰酸背痛眼冒金星了。不得已，才请了保姆，但姜其贞从来不把保姆当保姆对待的，至少态度上，她一直客客气气的。当然，作为女主人，她也要履行监管的职责，但姜其贞监管的方式十分隐秘，十分怀柔。比如保姆一旦进了厨房，她基本是亦步亦趋的，但她会以指导的方式来掩护自己的多疑；还有，她也不会让保姆洗内衣内裤，她认为这是她很重要的怀柔方式，因为给人洗内裤和倒马桶性质差不多，多多少少都有些羞辱的意思。

可米红结婚第二天，就把她和俞木换下来的所有衣裳，包括内裤奶罩什么的，一股脑儿全给了保姆。

第一天，姜其贞不怪，年轻人嘛，不知轻重难免。大儿媳那时也这样过，后来在她的调教下，才懂事的。姜其贞还是用她的姜氏教育法，不言教，只身传。弯腰把保姆盆里的内衣内裤挑出来，当了米红的面，自己搓洗了。

按说，米红看到婆婆亲自动手，应该赶紧抢过去自己洗了，即使不抢，至少也应该表现出不好意思的样子。

可米红没有不好意思，米红视而不见，镇定自若地斜坐在饭桌边吃她的肉包子。

更过分的，第二天，米红依然把她花花绿绿的内裤奶罩，扔给了保姆。

姜氏教育法第一次遭遇到彻底的失败。

什么书香门第？狗屁！还不如大儿媳的家教，大儿媳娘家也是生意人家，父母都是做五金配件的，没什么文化，却比米红懂事多了——看到姜其贞站在水池边为她搓洗内裤，脸立刻红得鸡冠子一样。那之后，她的这些东西再也没有出现在保姆的洗衣盆里过。

甚至还不如保姆，保姆看到她用抹布擦地上的水渍，之后拖地就很仔细了。

明人不用细说，响鼓不用重擂。

单这一件，姜其贞就看破了米红——女人看女人，眼总是很毒的。

何况还不只这一件，让姜其贞恼火的事，接二连三。

俞木原来就不爱干活，成日溜出去勾三搭四，老俞和姜其贞指望他婚后会好些，之前出去鬼混不就是因为没娶媳妇嘛，人大了，身野了，往外跑跑，也正常。猫狗那些四只脚的畜生到了发情期，还要围着篱笆或蹿上屋顶叫唤几句呢？何况一个两只脚的后生家。可现在媳妇给娶到家了，总要收敛收敛吧——俞木还真收敛了，却是过于收敛，成日只收敛在新房里。

日上三竿了，俞木也不出房门，收敛成千金小姐了。

姜其贞在他们房外来回走。姜其贞身体沉重，平日走路如果不蹑手蹑脚，声音就如打闷雷的效果，现在她有意放重脚步，简直是平地惊雷了。

可米红和俞木仍然不出来。

后来姜其贞把这事数落给朱凤珍听，米青在边上，听了忍不住偷笑，老太太不读书，不知道这个叫“春宵苦短日高起，从此君王不早朝”——只是这君王太丑了些，竟然长一徽居里那马头翘角似的额头下颌，而米红，就对了马头翘角，做她千娇百媚的杨玉环。

这么想，米青就笑出了声。

姜其贞用鼻子哼一声，米家的女儿看来真是缺教养，不单米红，原来他家在京城读大学的二女儿，也不怎么样——长辈在说话，她竟然哧哧笑，书都读到背上去了吗？

朱凤珍也不像话，竟然护短，说这事不怨米红，要怨也只能怨她儿子，男人贪风月，女人有什么办法？

怎么没办法，当年她初婚时，哪天早上不是她把老俞推出房门的？

男人嘛，年轻时哪个不贪风月？关键是女人，女人要知道风月之事应该在晚上，不然还叫什么风月，干脆叫风日了！

倒是老米说了句还算中听的话，老米说，亲家母，米红嫁到你家了，你就当女儿待，有什么不到之处，亲家母只管教导就是了。

可这句话也就是当个曲儿听听，不能当真。当女儿待？能当女儿待？当初俞花俞朵如果这个样子，姜其贞一个巴掌就扇过去了！姜其贞手大，力气又大，那巴掌扇过去，铁砂掌一般，俞花俞朵因此在背后骂她铁扇公主——当时她们正看电视《西游记》呢，最喜欢看孙悟空变成一个小虫子钻到铁扇公主的肚子里，把铁扇公主折腾得死去活来，她们也恨不得有孙悟空的本事呢，能变成小虫子，钻到姜其贞的肚子里去。可即使这样，俞花俞朵嫁人后也依然和她亲亲密密，娘打女儿，原来就如雨打荷叶，哧溜一下，就无痕无迹了，但她的铁砂掌能扇米红吗？真要扇过去，怕不要闹个家翻宅乱！

看朱凤珍那样子，不是个善茬！

倒是暗暗在老俞面前嘀咕过，说米红馋。一碗豆豉蒸排骨，不过十几块，她一个人就吃了三块，也不知朱凤珍怎么教养的女儿，以前俞花俞朵在家时，从来不这样。两碗饭，第一碗只吃素，不动荤腥，到第二碗，才搛一块鱼肉到碗里，细细地就了饭吃。一开始当然也不这样，小人嘛，都爱吃肉，趁姜其贞埋头吃饭的当口，俞花俞朵的筷子就偷偷伸向肉碗，可肉还没搛上呢，姜其贞的筷子就如长了眼睛一般，半道上就把她们的筷子截了。也不是吃不起，尤其后来俞家的日子过殷实了，吃鱼吃肉都不算什么事儿，但富家也要穷过，这是姜家的家训。以前姜家也富贵过，是当地数一数二的大地主，家有良田千顷，金玉无数，可姜老太爷的早餐依然只是两碗稀饭，一碟腌柚子皮而已，姜老太太呢，平日也只是粗布衣裳，除了头上一支碧玉簪看上去有点富贵气象，其他的，和村里的妇人没什么两样。夏忙时，姜老太爷还会用独轮车推了三寸金莲的夫人，两人一起到地里和长工仆妇一起，扬扬芝麻，或者拔拔花生。要不是后来娶了爱穿金戴银爱着绫罗绸缎还好吃懒做的二房，姜家不会败落了下来。

姜其贞喜欢和老俞说姜家的这些旧事。这些旧事既抬高了自己的身份，又影射了米红，又告诫了老俞，可谓一石数鸟。姜其贞虽然没文化，可用起这些文化手法来，还是得心应手。

老俞却油盐不进，皱了眉说，你没事数儿媳吃了几块肉干什么？

如果说以前，姜其贞对米红的嫌弃还是一个婆婆对一个媳妇的嫌弃，因为老俞的这句话，现在嫌弃的性质发生了改变，变成了一个妇人对另一个妇人的嫌弃。

只是姜其贞把这种嫌弃隐藏得极好。既然老俞喜欢小儿媳，那她就也喜欢小儿媳，至少看上去喜欢小儿媳。夫唱妇随嘛，没有谁说妇唱夫随的。牝鸡司晨，天下就要大乱了，这朴素的道理，姜其贞懂。

保姆去菜市场买菜，去之前，过来请示姜其贞。只要老俞在，姜其贞会十分温存地说，你去问问老二媳妇，问她今天想吃什么。保姆有些迷惑，不过，还是很听话地去问了米红。米红倒不客气，想吃鸡了就说想吃鸡，想吃鱼了就说想吃鱼，新上市的茭白，一块多一斤呢，她说想吃茭白炒肉丝。

大儿媳在一边听得火冒三丈。老太太吃错药了嘛，怎么和老头子一起宠上那个狐狸精了，难道你们一家子都得了狐狸病嘛？

金喜夜里问俞树，咬牙切齿地。

俞树不吱声。

不吱声却等于吱声了。以前金喜在枕上对俞树泄私愤时，不论愤及俞家谁，俞树都能大义灭亲，能不灭么？金喜每次都是在关键时候说这些，他箭在弦上，不得不发！灭俞花俞朵自是不必说，即使灭姜其贞和老俞，他也不过沉吟一秒钟，用这一秒钟表达他对父母的忠贞节烈，一秒钟之后，只要金喜作势推他，他就照灭不误了。可现在，他不灭了，嘴巴闭得和青葫芦一般。金喜恼，将他一推，转身用背朝了他。他竟然也不再纠缠，生生把那弦上之箭收了回去，不发了！

这算什么？莫不是俞树也得了狐狸病？

也是，每次米红看见俞树，总是哥哥哥哥的叫得十分亲热，金喜就在边上呢，她从来不招呼，好似没这个人一般。其实不单对金喜，即使对姜其贞，米红也这样。米红的眼里，只有男人，没有女人，这一点，金喜和姜其贞也算同病相怜了。

可姜其贞却不想和她同病相怜，依然当了老俞的面，对米红嘘寒问暖。家里就三个妇人，金喜和米红两个妯娌，是先天不能调和的敌我关系。兄弟看兄弟穷，妯娌看妯娌怂。自古都这样。而婆婆和媳妇——倘若只有一个媳妇，那也差不多，自然也是争风吃醋有你没我；如果有两个媳妇，情况不一样了，更复杂，也更微妙，婆婆会变成墙上一棵草，风吹两边倒。金喜当然希望姜其贞那棵草朝自己这边倒，就算不朝自己这边倒，她也应该迎风直挺挺站了，不能倒向米红，可姜其贞还偏偏就倒向米红了。

这老鸨婆！

金喜是眼里揉不得沙子的人。她嫁到俞家四年多，儿子俞金已经三岁了，她挟子自重，俞家的人也基本由她自重——虽然偶尔老俞会有点遗憾，因为俞金的长相，也过于俞家了，简直和俞树小时候一模一样，活生生又一个小娄阿鼠！可遗憾归遗憾，老俞对孙子俞金还是很疼爱，爱屋及乌，对金喜，自然也就越来越喜欢。金喜感觉自己在俞家，正渐入佳境。

而现在，因为米红的到来，金喜的佳境遭到了破坏，她又回到了从前——还不如从前，从前至少俞树对她，那是忠心耿耿的。

金喜和米红，现在势不两立了！

米红浑然不觉——即便觉了，她也不在乎。

三千宠爱于一身，这是她的命。所以，公公婆婆宠爱也罢，老公大伯宠爱也罢，都是本分，她不用受宠若惊。

出嫁之前，朱凤珍给米红打预防针，说，在娘家是荣花娇女，在婆家是狗屎媳妇——怕娇滴滴的米红嫁到俞家后受委屈。可米红不怕，她是米红，又不是苏丽丽，苏丽丽在娘家是狗屎女儿，在婆家是狗屎媳妇；而她呢，在娘家是荣花娇女，在婆家也是荣花媳妇。

可米红没料到，她的荣花媳妇也只是做了一年多，一年之后，她这朵荣花便开始褪色了。

先是俞木。俞木成日收敛在房里也就几个月，几个月之后，老俞发话了，整日不做事，吃什么？难道你真是木头，可以喝西北风？俞木于是开始出门干活了，他正好也有点起腻呢——男女这事儿，原来就如冰糖肘子，好吃虽然好吃，也架不住每时每刻都吃，饱食终日的结果，是他需要出门消化消化了。

俞木出门消化去了，米红呢，就一个人待在俞家，这让姜其贞觉得奇怪，别的新媳妇初到婆家会百般不适应——这是自然的，花草树木连根拔到另外的地方还会水土不服呢，猫狗畜生换了主人家还会食欲不振呢，金喜初嫁到俞家时，会找各种由头回娘家，因为这个，姜其贞当时还不高兴呢。可米红不回娘家，姜其贞也不高兴。忘恩负义的东西，还不如花草，还不如畜生。天气这么好，你不回苏家弄走走？姜其贞问。米红其实也有些想苏家弄了，不是想朱凤珍或老米，也不是想米青米白，而是想苏丽丽了。

米红想苏丽丽不回苏家弄，而是让苏丽丽到俞家来。苏丽丽果然来了，在院门口把雕花铁门拍得砰砰响，米红让保姆去开门，让保姆端茶倒水，让保姆到街角买葵花子，甚至还让保姆下厨房做点心，大半个上午下来，保姆被俞家这个二少奶奶支使得团团转。

苏丽丽一惊一乍。米红现在的生活，差不多就是西班牙表姑的生活，或者说，比西班牙表姑的生活还要好，因为西班牙女佣会和表姑顶嘴，而且也做不出那样好吃的酒酿丸子。

米红喜欢苏丽丽的反应。苏丽丽这个人就这点好，没心没肺，天真烂漫，会充分表达对米红的艳羡，不像米青，或弄堂里的其他妹头，对米红的好长相，以及米红嫁到富贵人家，故意摆出一副视而不见的样子。米红知道她们是成心的，知道归知道，可米红还是有一种锦衣夜行的冷落。

而苏丽丽，总让米红的锦衣在艳阳下。

因为贪恋这艳阳，米红常常让苏丽丽到俞家来玩。苏丽丽只要有空，就来了。她现在基本不到王绣纹作坊里去画碗碟了，因为王绣纹不让她去，每次苏丽丽到作坊去时，总把儿子带过去，自己画碗碟挣钱，儿子却让王绣纹照管着。王绣纹不高兴了，他姓陈，又不姓苏，凭什么让我带？他陈家倒是有福，不花钱弄一个长工还不知足，还想弄一个老妈子。他们想得美！撒手不管了，由了苏丽丽的儿子在作坊的地上爬。这下更糟糕了，小家伙有一天把一只青花瓷瓶给碰碎了，那只青花瓶上画的是复杂的《百子图》，光工钱王绣纹就付了画工几百块呢。这一下王绣纹真是恼了，叫嚷着要让陈吉安赔她的花瓶。苏丽丽更恼，她儿子的手指还划破了呢，王绣纹做外婆的人，竟然不心疼，只顾着心疼她的花瓶了，难不成她的一个破花瓶，比外孙子还重要？

王绣纹不让苏丽丽去作坊，苏丽丽也懒得去。还省得被周扒皮剥削呢！而且，她现在的经济条件也好了一些，陈吉安在摩托车维修店当上了主管，工资比一般员工高许多，有时还会揽点私活——他技术好，人缘也好，许多客人专门找他的，苏丽丽说，眉飞色舞的。米红看不得苏丽丽这样子，不就是在别人店里打打工嘛，嘚瑟成这样？真是没出息。米红心情好，施舍般地由她嘚瑟了，可苏丽丽不知趣，嘚瑟个没完，米红就不耐烦了，笑着问她什么时候到西班牙去开瓷器店——这是在打趣苏丽丽了，也是在寒碜苏丽丽，苏丽丽也知道，所以，每次只要米红这么一问，眉飞色舞的苏丽丽，顷刻就瘟鸡了。

苏丽丽到俞家玩，自然都要带了儿子过来。两个女人关了房门聊天的时候，苏丽丽的儿子米红就吩咐保姆照管着。

这让保姆很有意见，这个二少奶奶，实在太过分了，端茶倒水什么的，也就算了，竟然还让她带别人家的小人了，小人才一岁，撒尿拉屎都要人侍候，家里这么多事，她又没有三头六臂，也就是一双手两只脚，怎么忙得过来？这还不说，万一小人磕了碰了呢，她可担待不起。保姆气呼呼地，对姜其贞说。

姜其贞不说什么，老俞在边上呢，他本来出门了的，但因为家里有点事，姜其贞把他叫了回来——只要苏丽丽过来，姜其贞总能找个合适的由头，把老俞叫回家。

老俞的一张麻脸又红梅点点开了，不过，这一次红梅的颜色有点紫，近似于猪肝色了。

等到苏丽丽和她儿子坐到饭桌上的时候，老俞的猪肝色红梅就绽放得更绚烂了。

米红不知道，她犯了老俞的大忌了，老俞平生有两恨，一是恨那些娶了如花似玉老婆的男人，比如陈木匠，再就是恨不相干的外人跑到俞家白吃白喝。

其实让苏丽丽留下来吃饭是姜其贞的意思，至少第一次是姜其贞的意思，苏丽丽的自行车本来都要推出门了，姜其贞十分殷勤地出来挽留说，吃了饭再走呗，有粉蒸肉呢。一听到粉蒸肉，苏丽丽迈不动脚了，恋恋不舍地看米红，米红嘁一声，说，你留下呗。

下一次苏丽丽再过来，米红就自作主张挽留苏丽丽了。

一年后米红开始往“莲昌堂”跑。

朱凤珍问老蛾，米红的命里会有几子，老蛾说，一儿一女一枝花，无儿无女是仙家。

这是什么意思？到底是一儿一女？还是无儿无女？

朱凤珍急了，再问，老蛾就低头做她的酒酿，不言语了。

不是娘娘命吗？生不出太子还怎么做娘娘？

朱凤珍拽了米红去“莲昌堂”找黄鹤楼。

黄鹤楼是辛夷有名的中医，他原来不叫黄鹤楼，叫黄和楼，因为瘦骨伶仃，却精神矍铄，有仙人之姿，被辛夷的人改名为黄鹤楼了。

“莲昌堂”是黄家祖上传下来的中医馆，专门治妇人不孕不育。

黄家治妇人不孕有秘方，传说是从他家老祖宗黄帝的《内经》上来的，叫“四乌贼骨一虞茹丸”，用四份乌贼骨，一份虞茹，再加雀卵，制成芸豆大的丸子，让妇人早晚服。妇人一般服用几个月后，肚子就有动静了。

别的中医也抄袭过这方子，却没效用，黄家一定在那黑乎乎的丸子里加了别的东西。

至于那别的东西是什么，没有谁知道。辛夷的中医们一直殚精竭虑前赴后继地研究，也没研究出什么名堂。

黄家一直子息繁荣，这也是好的招牌。黄鹤楼的爷爷有六子二女，黄鹤楼的父亲有七子二女，到黄鹤楼呢，更青出于蓝，竟有九子二女——这还是明里的，暗里的子女就说不清了。黄鹤楼在辛夷名声不太好，喜欢勾引漂亮的女病人，他人长得清俊风流，据说还练过房中术，能在床上把妇人弄得欲仙欲死，所以妇人很容易就着了他的道。因为这个，他老婆曾经闹过，要他垂帘问诊，和以前皇宫里的那些御医一样；或者让她垂帘听诊，和慈禧一样。当然都没有得逞，黄鹤楼是谁？能由了一个妇人摆布？在家里罢诊一个月之后，垂帘之事就不了了之。

辛夷有身份的人家其实都不愿意让自家妇人上“莲昌堂”。

所以朱凤珍是偷偷带米红去的。

黄鹤楼那天不在，他如今经常不在的，天冷了要在家藏冬，天炎了要在家消暑，偶感小恙了要在家养恙。七十多岁的老中医，把自己的身子看得比宰相家的千金小姐还娇贵——黄太太这么埋怨说，表情却有掩饰不住的喜悦，她其实是怂恿他娇贵的，提心吊胆了一辈子，终于可以消停在家了。

那天坐诊的是他最小的儿子黄佩锦。

黄家九个儿子中，只有黄佩锦一丝不差地继承了黄鹤楼的衣钵，不单医术，还有长相，还有风流性情。其他八个儿子，都有其母之风，体态丰腴，德行端庄。

黄佩锦给米红把脉足足有十分钟，十分钟之后，他在病历上写道：任脉虚，太冲脉衰少，天癸不盛。

朱凤珍不识几个字，看不懂，米红倒是识字，也看不懂。

看不懂没关系，有药单。药单上除了两盒“莲昌堂”的药丸子外，还有另一个方子：桂枝、吴茱萸、当归、芍药、川芎、麦冬、姜半夏、丹皮、阿胶、甘草不等，另加杜仲和旱莲草各五钱，煮汤服用。

汤药要服一个月，而且黄佩锦说，服药期间，最好禁房事。朱凤珍把米红接回了苏家弄，对俞家的说辞是：老米生病了，需要米红回家帮忙一段时间。

那段时间苏丽丽很忙，陈吉安在城西开了家摩托车维修店，苏丽丽到店里帮忙去了。米红有一天心血来潮，坐了小黄鱼按苏丽丽的指示一路找过去，找了老半天，才找到“吉安维修”。那地方极偏僻，是城乡接合部，周边全是些乱七八糟的小店，什么“万年水泥”，什么“久久寿衣”，什么“花花世界”——是家卖花圈的，店门口摆满了灰扑扑的纸花圈和金锞银锞。苏丽丽也是灰扑扑的，她本来黄黑精瘦，又爱出汗，现在加上灰尘，加上衣衫简陋，简直是逃亡中难民的形象。米红看了忍不住想笑，之前听苏丽丽兴高采烈的描绘，还以为是怎样了不起的维修店，米红的心里甚至有些酸溜溜的，为了压住老板娘的风头，米红打扮得花枝招展而来，结果，白打扮了，就这么个小铺子，原来和老陈的自行车修理摊子也差不多，甚至还不如呢，老陈的摊子至少在辛夷的十字街头，最繁华的地段，人来人往，车水马龙，可陈吉安的店，却在这么个乌烟瘴气的地方。

陈吉安也是一身油乎乎的，蹲在一辆摩托车边忙活着，看见米红进来，抬起头笑笑，算招呼了。

米红有些诧异。男色原来也如昙花，不经岁月的，想当初陈吉安也是明眸皓齿风度翩翩，和苏丽丽的差距是天上人间，可现在，两夫妇看上去，倒是锣鼓相当，十分般配了。

想起朱凤珍关于男人屁股的言论，米红忍不住斜眼去觑陈吉安的后面，发现陈吉安的屁股果然有些如卷心菜了。

米红在苏家弄待得百无聊赖，想回俞家，朱凤珍不让，她一身“莲昌堂”的中药味，回去怎么说？姜其贞那只老狐狸，一嗅就知道了怎么回事，到时在老俞或俞木面前嘀咕些什么，就不好了。所以，米红怎么也要在苏家弄待够一个月，把汤药服完，之后最好还过些时日，让身上的味儿散散，再回去。

裁缝铺子里活计很忙，米红主动要求给三保打下手缝纽扣。朱凤珍本来不想的，女儿十指纤纤，水葱儿似的，哪是干粗活的手？可米红很积极，朱凤珍就只能由她了。

三保却是淡淡的，以前米家三姊妹中，三保最喜欢米红，两人年龄相仿，三保只比米红大了一岁四个月，十二岁初到铺子里来拜师的时候，个头比米红还矮几寸呢，不说青梅竹马两小无猜，但眉来眼去之间，到底暗生过小儿女情愫的，夜里睡在裁缝铺后间的裁衣板上时，还梦到过和米红穿大红袍子拜堂成亲：一拜天地二拜高堂夫妻对拜同入洞房。哐当一声，入洞房时走得太急被门槛绊了一跤。醒来后才发现原来是身下的裁衣板翻了，自己摔到了地上。猪窠眠梦戴凤冠，少年三保从地上爬起来时颇有几分心酸。人家是老板的大小姐，又长得这般如花似玉，怎么能嫁给自己一个小伙计？米红后来果然嫁给了富家子俞木。

三保是个朴实人，一旦断了念头，从此就自矜自重。任米红再言语轻佻，三保也只是不苟言笑。

十字形纽扣被米红缝得犬牙交错。三保接过来看看，也不说什么，用剪刀细细拆了，重新缝一遍。

米红觉得无趣，再也不到裁缝铺去晃悠了。

汤药吃了十天的时候，两盒“莲昌堂”的药丸吃完了，米红自己去了趟“莲昌堂”。黄佩锦交代过，药丸一吃完，他要看米红脉相的。本来那天朱凤珍要陪米红去，却走不开，要赶做一套衣裳，是老米同事的，同事要到省城开会，下午四点的火车，说好了二点之前过来取的。因为是毛料，朱凤珍不放心让三保做，三保的手艺如今倒是可以了，但在划料方面，还是不如朱凤珍。二米五的布料，让三保裁，就只能剩下一些边边角角了，如果朱凤珍自己裁，可以划出一件背心前襟呢，这种鼠灰色的毛料，之前也有人做过的，家里的箱子里还有小一尺布呢，到时拼一拼，可以给老米做件毛料背心了。

米红是上午九点出门的，苏家弄到“莲昌堂”不远，来回个把小时就成，算上候诊的时间，两三个小时也足够了，中午前无论如何能回来。但米红直到黄昏才到家，朱凤珍问，米红说，她到苏丽丽店里去了。

其实没有，米红是被黄佩锦掇弄上麻将桌了。

黄佩锦坐诊，病人不多时，经常会溜到隔壁店里去打麻将。隔壁是家杂货店，店主是个小寡妇，有三分姿色，七分妖娆。这加起来的十分，把半条街的男人迷得神魂颠倒。杂货店的生意不好，女人多数时候都在店后间打麻将，女人麻将的手艺十分了得，传说会出千，每次都能和出清一色或杠上开花之类的大和。男人们也怀疑，盯牢了女人的手看。女人十指涂满了红色蔻丹，金的银的玉的戒指手镯戴了一手，男人看得眼花缭乱，也没看出什么名堂。

米红坐在“莲昌堂”的长椅上大约等了半个时辰，黄大夫也没来，正要走，边上的一个少妇说，黄大夫在隔壁呢。

怎么不去叫呢？

少妇抿嘴笑，说，我怕。

米红不怕，在这个世界上，米红除了怕鬼和米青，还没什么可怕的呢，尤其不怕男人，何况是黄佩锦这样的风流男人。

黄佩锦一看见米红，果然十分和蔼。他把牌一扣，本来想立刻起身的，但妖娆的小寡妇不肯，说要打完手里的一圈，黄佩锦为难地看看米红，米红说，你打呗。就站在黄佩锦的身后看，看了两和，黄佩锦有点不安了，干脆让米红替他打，他去药房拿药。米红又不怎么会，怎么替？黄佩锦说，不妨，赢了算你的，输了算我的。

米红还真赢了，麻将钓生手，米红就这样被钓上了钩。

之后的情形和第一次一样，每次都是黄佩锦打，米红看。看过几和之后，就调马换将了，变成米红打，黄佩锦看。他们麻将其实赌得不小，一块钱一个子，每场下来，输赢过百了，但米红不担心，她手气好，按杂货店女店主的说法，她有打麻将的命。再说，她是包赢不输的，赢了是自己的，输了是黄佩锦的，那何乐而不为？

而且她现在和女店主成了朋友。女店主人其实很好，温柔，又慷慨。每次麻将结束之后，都请他们吃点心，有时是一碗红豆花生羹，有时是一碗鸡汤米线。她店里有个小煤炉子，要炖点东西吃，很容易。

两个月后米红回了俞家。

俞木这段时间没去过苏家弄。按辛夷的规矩，女儿如果在娘家过夜，是要和丈夫分房睡的。少年夫妻，同床共枕总免不了有云雨之事，而这个云雨，是犯辛夷大忌的，因为会给娘家带来厄运。有些年轻人不信这个，或者身子没忍住，夜里依然偷偷摸摸在一起，比如苏家弄赖家的女儿女婿，半夜做事时被嫂子捉了——嫂子起来小解，听到小姑子房里声音可疑，推门挑灯一看，枕上虽然只有小姑子一个脑袋，可牡丹花被子下面却是波浪起伏。嫂子把哥哥叫了过来，哥哥本来想息事宁人，可嫂子不让，这事太污秽了，会让娘家倒霉的。还真倒霉了，一个月后，六岁大的侄子在上学路上被摩托车撞死了。赖家女儿女婿披麻戴孝在娘家门口跪了几天几夜。这种事儿在辛夷不少，让老蛾说的话，能说上几箩筐。所以朱凤珍特意叮咛过俞木，不要到苏家弄来。宁可信其有，不可信其无。再说，黄佩锦也交代了服药期间不能行房事。

小别胜新婚，米红原以为俞木会急不可耐的，结果没有，俞木晚上一个指头都没有碰米红。

这事奇怪了，难道俞木有了别的女人？

第二天米红就跟踪了俞木。俞木身边果然有了一个女人，不是别人，是金喜的妹妹金欢。

金欢在公司打杂，有时也帮着带带俞金。没想到，不过两个月，她成了俞木的徒弟。和俞木一起出工干活。用花头巾扎了长发，穿一件紧身黑色T恤，下面是一件肥大的蓝色工装裤，很俏丽的样子。

只一眼，米红就看出了他们关系不正常。

这事儿肯定是金喜搞的鬼，这个女人一直嫉妒她在俞家得宠，于是使出这种下作的手段，来报复她。

俞家的人或许早知道了这事，米红猜，不然金欢怎么可能在老俞和俞树的眼皮底下勾搭上俞木？

俞家上下，现在对米红，都十分冷淡。老俞脸上的梅花，也几乎不对米红绽放了。没心情绽放，他娶米红做儿媳，原是要改良俞家后一代品种的。因为这大使命，所以他一直纵容米红在俞家作威作福。可一年多了，莫说改良品种，就是娄阿鼠那样的，也没生下一个半个，老俞心急如焚，每次看见陈木匠家坐莲观音般的子孙，回家就长吁短叹。

姜其贞夫唱妇随，对米红更是风刀霜剑了。

以前的百般迁就，按米青的说法，不过是春秋手段而已。什么是春秋手段？米红不知道。米青故技重演，说，你去读《郑伯克段于鄢》，就知道姜其贞的手段阴险。可米红怎么可能去读《郑伯克段于鄢》——就算读了，也不信。米青这么说，无非是听不得米红炫耀她在俞家的受宠罢了。

可米红现在进进出出，没人过问。

苏家弄米红是不去的，去了也不知道和朱凤珍说什么。对苏丽丽也不能说，她米红的人生从来都是荣花人生，至少在苏丽丽那儿是。这黄连一样的苦水，米红只能把她倒给杂货店的女店主。她是女朋友，又是陌生人，最适合倾诉衷肠。

女店主听了，妩媚地笑笑，这算什么？男人从来都是朝三暮四喜新厌旧的，女人如果计较这个，一辈子就别想活自在了。

那怎么办？

怎么办？等那个女人由新变旧呗。那个女人现在是新，但总有一天，也会旧。和你一样。你没看过老戏《桃园三结义》

吗？里面的刘备说，女人如衣服。衣服嘛，男人穿上些日子，也就旧了。

等一件衣服变旧要多久呢？至少要几个月吧，或者要几年也说不定。几年米红可等不了，难道要像以前的女人一样，夜里靠撒豆子捡豆子撒铜钱捡铜钱那样打发寂寞长夜吗？

女店主笑得花枝乱颤。现在也不是旧社会，女人要立贞节牌坊。何必要捡豆子捡铜钱虚度青春年华呢？他初一，你十五呗。既然他一个指头都不碰你，那你还为他守？蠢哪！你没看出我们黄大夫早就对你有那个意思了？

米红当然看出来了，早在第一次黄佩锦为她把脉的时候，米红就看出了黄佩锦的那个意思！后来就更不用说，麻将桌上桌下，黄佩锦不放过任何一次试探的机会。

但每一次都被米红挡了回去。

守身如荷的家教根深蒂固。虽然米红看上去也是有些轻佻的，但那轻佻，是风吹荷叶动的轻佻——荷再动，也在水面上，米红没打算把自己动到污泥里去。

她不是苏丽丽，会在芦苇地里委身男人；她也不是杂货店的女店主，搽了胭脂对每个男人卖弄风骚。

除了俞木，她米红的身子，还没有哪个男人碰过呢。

可就是这般如花似玉的身子，他俞木——被米青嘲笑为“马头翘角”“首尾呼应”的俞木，竟然不碰了！

这就怨不得米红了，心一横，下次黄佩锦在桌下用腿很小心地去贴她腿的时候，她没有和以前一样，把腿立刻缩回来，而是假装没有察觉，由了黄佩锦十分温存地贴了几分钟。

这几分钟，让黄佩锦以为他和米红的关系，从此柳暗花明了。

却没想到还是山重水复。在“莲昌堂”的诊所里，黄佩锦把脉的手刚蜿蜒到腋下，米红就腾地站了起来，身子须臾间离黄佩锦有一米之遥了。

可过两天，米红在牌桌上，对黄佩锦又笑靥如花。

黄佩锦被逗得百爪挠心，忍不住蠢蠢欲动。米红又大义凛然了。

这唱的哪一出？黄佩锦也算风月老手，一时亦迷惑于米红的反复，问女店主，难道良家妇女是蜀道？蜀道难，难于上青天？

这话女店主不爱听，酸文假醋。什么良家妇女？女店主平生最恨的，就是那些良家妇女。自己没男人要，偏还做出冰清玉洁的样子；或者是米红那样的，又想做婊子又想立牌坊，也可恶至极。

女店主打算毒辣一回，她要学孙悟空，棒打白骨精，把米红打回原形——米红的牌坊不倒，就总在那儿三寸金莲。别说黄佩锦等得心慌，就是边上的她，也看不过米红那一步三摇的做作。

她这一招也算一石二鸟：既是借花献佛，讨好了黄佩锦；也把一个所谓的良家妇女拉下了水，这多少也让她有一种报复的快感。

那天她煮了苡米粥，里面加了淫羊藿、香附和菟丝子。据黄佩锦说，这几味中药都有乱性的功效。不发情的母牛如果连服十五日，再看见公牛，就把公牛追得满世界跑了。

她先约了米红，劝米红喝下了两碗粥。之后，黄佩锦来了，女店主说，你们两个坐坐，我有点事，一会儿就回来。

女店主真有事，她想回家一趟，家里有个八岁大的儿子，还有个六十多的婆婆。六十多的婆婆看起来是八十多的样子，这个女人从丈夫死后，一下子老了十岁，儿子一死，又老了十岁，老到现在，身子简直和林妹妹一样弱不禁风了——如果再吐上几口血，真就是一个鸡皮鹤发的林妹妹。不过，以林妹妹那样的性子，怕是活不到六十岁的。

女人的一生有什么意思？如花草一般，说枯就枯了，说死就死了。所以，要想开些，趁花红叶绿，还有人待见时多让人待见几回。

不然，真白活了！

正感慨间，竟在路上遇到俞木了。

她和俞木也熟的，早在他结婚前，他就在她店里厮混过。这个俞家二公子，麻将虽打得臭，牌品却是极好的，无论输多少，没见他赖过账。

也是一转念之间的事。她突然约俞木上她铺子里去，好久没有在一起玩了，要不，今天摸几圈？

女店主这么一说，俞木的手就有些痒了。摸几圈就摸几圈吧，浪子回头这么久，也实在怀念以前的浪子快活。

俞木于是又约了另一个麻友，女店主说，你们先过去，我马上就来。

挑开杂货店后间帘子的是那个麻友，俞木也紧跟着鱼贯而入。

两人愣了：后间的沙发上，米红衣衫不整，头发凌乱，和黄佩锦并肩而坐。

俞家人提出了离婚。

按“七出”，米红至少犯了两出：无子，淫。

朱凤珍大病一场，她本来有胃病，上腹经常会隐隐作痛的，这一气，成了奄奄一息的样子。老米慌了手脚，好在还有米青。正值暑假，米青回来了。

俞家关于“七出”的说法，让米青觉得荒诞至极。姑且不说这是男尊女卑的封建糟粕，要彻底肃清，就算按“七出”，米红也不应该出。因为“七出”里，无子要在五十岁后，可米红才二十五，他们怎么知道她就无子？从生物角度而言，雌性只要每月排卵，就还有产子的能力。

至于淫，更是诽谤，可以到法院告他们名誉伤害罪。

但米青还是主张米红离婚，夫妻间既然感情破裂，还在一起，不道德。

如此书生气的话，让朱凤珍啼笑皆非，但老米却受了米青的蛊惑，也同意米红离婚。

其实不同意又如何？俞家的态度十分坚决，姜其贞说，大家都是要颜面的人，好合好散，不然，闹起来，是你们女方吃亏。黄佩锦在辛夷是什么名声？宣扬出去，你家米红这辈子也别指望再嫁了！

米红回了苏家弄，带着金银首饰，四季衣裳。姜其贞说，好歹米红也做过两年我们俞家的媳妇，这些东西就留个纪念。还有那两丈上等莨绸，就送给亲家母了。

这是羞辱朱凤珍了——那两丈墨绿色莨绸，是老俞特意托人从杭州买的，作为彩礼送到米家。按辛夷规矩，这莨绸米红应该带回俞家的，姜其贞却一直没看到，七月七日米红晒衣箱时，姜其贞问起来，米红说，放在姆妈那儿做夏季衣裳呢。

可夏季衣裳一直做到了冬季，也没做出来。等到第二年三伏天时，姜其贞在街上偶然看到朱凤珍，朱凤珍一身墨绿，站在“凤祥春”酒店前和一个妇人谈笑风生。

如果是以前，姜其贞就绕着走了。但那天姜其贞不绕，十分殷勤地上前和朱凤珍打了招呼，之后就笑眯眯地上下左右打量着朱凤珍，朱凤珍被她看得有点发虚，说，亲家母，你忙你的。姜其贞说，不忙，不忙，你这身衣裳，真是好看，面料在哪买的？朱凤珍身边的妇人听了，插嘴说，我也正问呢，凤珍说是米青从北京买回来的。哦，姜其贞的哦声如戏音，拖得老长，长到让朱凤珍起了一身鸡皮疙瘩。

这事过去那么久，姜其贞竟然还以这种方式提起，真是个阴毒的女人。和这样的女人做一辈子儿女亲家，想想，也没什么意思。朱凤珍最后也同意米红和俞木离婚了。

老蛾的看相生意打那以后就有些惨淡了。一个离婚的妇人家，被看成了娘娘命，怎么说，也有些离谱。但老蛾还是坚信自己的技艺，自古贵人多磨难，武则天三十多才当上娘娘过上富贵生活，之前一直在尼姑庵里削了发吃斋念佛当尼姑呢！米红才多大？不过二十五，好光景如春花秋月四季轮回！她现在的离婚，是贵人落难，和武则天当初被打入尼姑庵差不多。总有一天会翻身的。

到底哪一天呢？朱凤珍问。

这个老蛾也说不准。

米　青

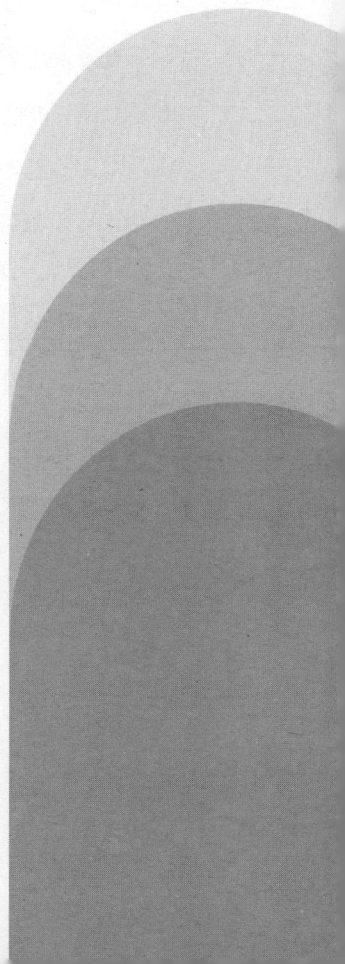

米青决定嫁给汤亥生了。

米青下这个决定的时候，汤亥生并不知道，那时他们的关系还只是一般同事。说一般同事或许有点不确切，因为几年前资料室的姚老太太曾经帮他们牵过线，这不算什么的，姚老太太帮米青牵过许多线，师大的单身汉，不论长相妍媸，也不论学历出身，只要年龄上限不过45，下限不过25，姚老太太都在米青面前絮叨过——这倒不是姚老太太不讲究，而是她实在不知道米青对男人的脾胃，好荤好素，好咸好淡，她一概没谱，只好有的没的乱介绍一通，万一运气好，撞上一个呢。

姚老太太介绍汤亥生的时候，米青刚分到师大不久，住在学校青年教工宿舍里。一间不到15平方米的宿舍，米青和另一个外语系女老师马骊两个人合住——说两个人，其实是三个人，因为马骊有未婚夫，那个未婚夫不把自己当外人，吃喝拉撒基本都在这边解决，连内裤都晾在米青的头顶上，剃须刀烟盒什么的也经常放到米青的书桌上，有一次，米青还在桌上看到过一盒 Durex 避孕套。这也罢了，米青睁只眼闭只眼就是，最要命的，是这位未婚夫每天天一亮要给马骊送早点。马骊在英国待过一年，早点口味因此中西合璧，喜欢吃“福膳房”的小笼蟹黄包子，“香巢”的焦糖拿铁，都要热乎乎烫嘴的。“福膳房”在校西门，“香巢”在校北门，两者相距足有一公里，未婚夫于是每天早晨左手蟹黄包右手咖啡，以百米冲刺的速度，往她们宿舍飞奔。这让米青烦不胜烦，米青是只夜猫子，属于晚不睡晏不起的，现在却弄得日日要鸡鸣即起，起来看这两个活宝表演“一骑红尘妃子笑，无人知是荔枝来”。更不堪的，是他们吃了小笼包子之后的行为，饱暖思淫欲，也不管米青在不在，睁没睁眼，两个人就会旁若无人学鸳鸯戏水了。

米青一开始还不肯给人腾地方，凭什么呀？这是我的地盘，凭什么让给他们？这不是姑息养奸？不是助纣为虐？不可以！于是，人家那边厢鸳鸯戏水，她这边厢拿本书眼观鼻鼻观心苦练思无邪，练了几次，发现实在练不下去，才把桌子一拍恼羞成怒地撤到系资料室。这一撤，就成定局了，米青以后每天八点就要撤出宿舍到资料室去消磨了。

资料室里上午一般没有人，只有姚老太太。姚老太太九点左右要溜出去买菜，以前没有米青，姚老太太就唱空城计，把织了一半的毛衣撂在桌上，再泡上一杯热茶，做出人在茶没凉的样子，然后偷偷上菜市场转一圈。反正资料室也没什么贵重物品，几本旧书，几张旧桌子旧椅子罢了，没人惦记——就算有人惦记了，又有什么要紧？

但要紧的事，资料室也发生过一两起，一起是她自己种的一盆绫衣被偷了。那盆绫衣她辛辛苦苦侍候了好几个月，好不容易侍候出了一点霓裳羽衣的样子，还没看够，就没了。问看门的李老头，李老头翻翻白眼，没好声气地说，我是你家看门的？姚老太太被气个半死，一个月不理那死老头子。另一起是两套书，一套上海古籍出版社的《汤显祖全集》，另一套商务印书馆的《莎士比亚作品集》。这一次渎职的后果有些严重，系主任陈季子为此脸色十分严峻地召开了一次系务会，在会上不但点名批评了她，而且还宣布扣罚她一个月的奖金。姚老太太这一次几乎悲愤交加了。她怀疑那两套书压根就是陈季子偷的，全系不就他一个人研究《牡丹亭》吗？之所以再偷套莎士比亚，不过掩人耳目，或者想嫁祸世界文学教研室的老金——老金研究莎士比亚，没事时喜欢到资料室转转，而且，老金和陈季子关系不好。

姚老太太后来还找了由头去过陈季子家一趟。她假装向陈师母讨教做芙蓉鱼片的方法，陈师母不明就里，很热情地做了演示，不过只局限在厨房里，姚老太太从头到尾也没有找到去书房觑一眼的机会。

姚老太太气呼呼回来和孟教授说，孟教授不理她。就算觑到了又如何呢？说出来似乎也无伤大雅。中文系的老师都染上了几分孔乙己的习气，孔乙己说，窃书不算偷。中文系的老师虽不这么说，却这么想。所以资料室丢书，也是常事，不过都是化整为零的形式，一本一本地丢，神不知鬼不觉的，从来没有闹出过这么大的动静。

可动静再大，不还是书么？陈季子这样小题大做，很明显是做贼心虚了。

这话姚老太太只能对米青说说而已。米青虽然才到中文系不久，可姚老太太却十分信任她。米青话少，爱读书，只这两个特点，姚老太太就能判断她是个不多事的人。所以，和米青说中文系的是非，姚老太太无所顾忌。

请米青帮忙照看系资料室姚老太太也放心。以前她偷偷溜到菜市场去买菜，总是买得匆匆忙忙浮皮潦草，有时难免会犯下苏格拉底学生选麦穗那样的错误。在这家买了西红柿，到那家一看，一样的价钱，西红柿更大更好呢，让她后悔不迭；有时遇到孟教授嗜吃的时鲜野菜，比如香椿地衣或胭脂菇什么的，卖菜人奇货可居，漫天要价，她也会一咬牙一跺脚买上个一斤半斤的。有什么办法，她没时间东逛西逛讨价还价，毕竟资料室还在那儿唱空城计呢！万一又丢上两套书，点名批评事小，可一个月的奖金又要泡汤了。而现在有了米青，姚老太太这下子从容了，慢慢逛，小姐游后花园般悠闲细致，书生游山玩水般诗情画意，反正米青八点就坐到了资料室，不到十二点不去食堂。

姚老太太不是没良心的人，得了人家的好处，总要知恩图报，怎么图报呢？她给米青物色对象。米青二十七了，在中文系，算半老不老的老姑娘。中文系的风水不好，老姑娘一大堆，最老的姑娘齐鲁，都四十八了，还小姑所居独处无郎。姚老太太还记得她刚来时青枝绿叶言笑晏晏的样子，可现在，非但枝不青叶不绿了，性情还古怪。有一次系里一个女老师请她到家里吃顿饭，饭间女老师的老公因为客气，多敬了齐鲁几杯酒，结果敬出事了，齐鲁后来到处对人说，女老师的老公对她有那个意思，不然，怎么会当了老婆的面，企图和她玩“隔座送钩春酒暖”的把戏？搞得那位女老师哭笑不得。更过分的是另一回，一个男老师在开会时不知是多看了齐鲁几眼，还是看齐鲁一眼的时间有些过长，总之让齐鲁觉得被冒犯了。会议一结束，老师们还没鸟兽散尽呢，齐鲁把那位男老师叫住了，慷慨激昂又声色俱厉地警告了那位男老师，说她虽然没结婚，也没男朋友，但她洁身自好，不会和男人玩那些不三不四眉来眼去的勾当。男老师被骂得莫明其妙，他刚刚读了汪曾祺的《人间草木》，整个人还是草木迷离的状态，开会时眼睛落在了哪儿，他自己都不知道，谁晓得一个不留神，把齐鲁给冒犯了。

为避瓜田李下之嫌疑，男女老师们后来一个个对齐鲁敬而远之了。

姚老太太不想米青成为中文系的第二个齐鲁，二十七到四十八，说起来，还遥远得很，但时光这东西，阴着呢，一个凌波微步，就到你身后了，你的几十年青春就被收纳到它的绣花锦囊里去了。姚老太太是过来人，对此有深刻的体会：孟教授当年和她恋爱时那艳若桃李的状态，还历历在目，昨天的事一般；可其实呢，不过一转眼，三十年过去了，如今的孟教授，不仅鸡皮鹤发，而且神情还呆若木鸡，只有偶尔对了饭桌上的香椿炒蛋，或者胭脂菇炖土鸡汤时才会春光乍现一回——这也是姚老太太为什么舍得花大价钱买那些时菜的原因，有千金买笑的意思。所以，尽管米青才二十七，姚老太太认为也要有时不我待的紧迫意识。

米青这个女老师不错，本着肥水不流外人田的精神，姚老太太决定把她介绍给中文系的男老师。可中文系的单身男老师实在不多，数来数去，也只数出三个：一个古典文学教研室的何必然，不合适，太老了，五十岁。和齐鲁倒是年龄相当，可他和齐鲁还互相看不上，他嫌齐鲁老：人家研究《红楼梦》几十年，对女人的看法，也被曹雪芹同化了，认为老女人都是死鱼眼睛，而豆蔻女孩儿才是珍珠，所以他虽然五十了，还有要弄颗珍珠回家的雄心壮志；齐鲁呢，更看不上他，嫌他是个鳏夫，还嫌他有个已经生了女儿的女儿，当继妻继母已经让人觉得羞辱，何况还当要当继外祖母。有一次陈季子企图撮合他们，齐鲁把他骂了个狗血喷头。陈季子撮合这事还以为自己是体恤民情，还以为自己是系主任，面子大，可碰上“王子犯法与庶民同罪”的齐鲁，他也没辙，只能自认倒霉。中文系的另一个单身男老师是阮长庚，绰号阮步兵，也不合适，因为太贪杯，又易醉，醉了又爱哭。学生们经常恶作剧，课前请他喝上二两，只二两，他就醉眼朦胧人面桃花了，且林妹妹般多愁善感，一上讲台，还没讲上几分钟呢，他就会因为某句诗，或某句话，突然号啕大哭起来，教室里于是乱作一团，课自然没法继续上了。学校的督导为此警告了他若干次，每一次他都低了头，痛心疾首保证不喝了，可过不了一个月，他的老毛病又会犯一回，简直和女生的经期一样周而复始。对如此没有出息的男人，姚老太太自然不会把他介绍给米青。剩下的，只有汤亥生了。

汤亥生和米青不算相差太远，三十岁，博士，人也长得周正，最合适的，是汤亥生的性格：文静，温和，与世无争。这样的男人，以姚老太太的经验，做老公真是很理想了。虽然缺点也有一二，比如个子不高，不到一米七，可个子不高有什么关系，一个做老师的，不稼不穑，从事的是脑力劳动，脑力劳动者嘛，只要脑袋够大就行了。而汤亥生，就长了一个和孔子一样的大脑袋。

但米青不同意和汤亥生交往，为什么不同意呢？米青没说理由，就是不同意。因为个子么？可南方的男人不都是这个样子？这个样子才有文质彬彬的书生气质嘛；因为老家是乡下的吗？可乡下出身的男人好哇！现如今，乡下的鸡，叫土鸡，乡下的蛋，叫土蛋，都更贵呢。姚老太太一边循循善诱，一边诲人不倦，自己把自己都诲服了，恨不得有个女儿，能嫁了汤亥生。

可米青不为所动，无论姚老太太怎么说，她只是摇头，金口玉牙般不开口。

话少的女人有时也很讨厌，姚老太太想。

米青不同意和汤亥生交往其实与汤亥生无关。对米青而言，汤亥生只是一个陌生人，犹如一本还没打开过的书。对一本从来没有打开过的书，她能说什么？她能做什么？单看封面就胡说八道么？那也太草率了！她可不是个草率的人。买一本书之前，一定要仔细阅读上一二页，这是对自己负责任，也是对书负责任。弄本自己不喜欢的书回家，然后束之高阁或者弃若敝屣，这是很不道德的，对书而言，简直是遇人不淑了。这一点，她和姐姐米红不同，米红不读书，如果读，肯定就是会凭封面取舍的人。当初她和陈吉安分手，是因为陈吉安封面寒碜；嫁给俞木呢，是因为被俞木烫金封面弄花了眼。结果，结婚两年就离了。

可这种话，她懒得和姚老太太说。道不同，不相为谋。她和姚老太太，不单道不同，简直什么都不同，一起谋什么？姚老太太对她的婚事，有一种盲目的热情和急切，米青觉得好笑，她米青难道是快要过期的肉食罐头吗？是快要腐朽的水果吗？就算是，和姚老太太有什么相干？妇人一老，就老出了毛病，爱多管闲事，爱保媒拉纤，难怪兰陵笑笑生能在《金瓶梅》里把王婆这个形象刻画得这么栩栩如生，因为有原型，艺术源于生活，而生活中这类老妇人实在俯拾皆是，即使在高校，也一样。姚老太太虽然在孟教授身边生活了几十年，可她的趣味和境界，在米青看来，其实和苏家弄里的老蛾差不多。

所以，无论姚老太太介绍谁，米青都是要拒绝的，拒绝到最后，姚老太太终于心灰意冷了，私下对孟教授说，米青这不知好歹的丫头，看来，只能做中文系的齐鲁二世了。

姚老太太的嘴，在中文系是有名的乌鸦嘴，邪恶先知般的，但这一次姚老太太没有一语成谶，因为米青不久就嫁给汤亥生了。

米青决定嫁给汤亥生最初是因为汤亥生的卫生间，爱屋及乌，米青由此爱上了汤亥生。

那天汤亥生请客，因为评上了副教授，这是中文系的惯例，不管是谁的职称解决了，都要大宴宾客一回，或者几回。当然这大宴的程度可以不同，有的可以大宴到全系，有的就只是宴一宴自己的教研室同人，这等于是小宴了。汤亥生那天就是后一种，他只宴请了古典文学教研室的老师，这本来没有米青的事，米青是现当代教研室的。可那天米青和同学朱蕉也在“凤祥春”，朱蕉在北京一家出版社工作，这次到他们这个城市来出差，顺道就过来看看米青。来之前还在网上做了功课，知道这个城市的剁椒鱼头蒸粉丝好吃。这种菜是大菜，食堂没有，米青只好到“凤祥春”请了，这一请，就与汤亥生的人马遇上了。朱蕉是个大美人，而且是有古典气质的大美人，被介绍时蛾眉宛转那么一笑，古典文学的男老师就有些扛不住了，于是十分热情地相邀她们过去一起把酒尽欢。米青不肯，她和古典文学的人，素无交情，又不爱喝酒，过去凑那份热闹干什么？可朱蕉想过去，一直用眼神怂恿她，男老师们看出来了，更加不依不饶相请，米青再辞，他们再请，没办法，最后只好主随客便了——本来人家想请的也是朱蕉，他们你情我愿，她从中作梗，就煞风景了。米青做人，虽然没有朱蕉那八面玲珑的本事，但也不至于榆木到煞风景的程度。于是舍命陪君子，一直陪到了半夜。

本来饭局九点多就结束了，可有人意犹未尽，又建议去汤亥生那儿玩扑克。——这是临时变的卦，之前他们说好了去“唱响天下”的。古典文学教研室有个女老师姓姜，歌唱得好，尤其拿手黄梅戏《女驸马》，每次系里或教研室有活动，她的《女驸马》都是压轴，清唱，“我也曾赴过琼林宴，我也曾打马御街前，人人夸我潘安貌，谁知纱帽罩（哇）罩婵娟（哪）”。陈季子听得摇头晃脑，说，难怪孔子当年在齐国听《韶乐》之后，三月不知肉味，我听姜老师的戏，简直九个月不知肉味了。陈季子的话，在中文系，差不多是御批，之后姜老师的《女驸马》，就算钦点。可那天晚上男老师似乎忘了钦点这回事，只顾着逢迎那位北京来的朱蕉了，朱蕉说爱打扑克，男老师就投其所好建议打扑克了。这太过分了！打扑克在姜老师看来，是很低级很庸俗的娱乐，堂堂大学教授们应该不屑为之的，姜老师暗示了这个意思之后，很骄傲地先告辞了，另外两个年纪大点的老师也告辞了。米青也想趁机走，她还要回去备课呢，周一上午她有四节课，“现代小说流派研究”，是新开的课，不好好备，上课怕出错。她想让朱蕉自己去汤亥生那儿，反正一个晚上下来，朱蕉和那些人，厮混得比她还熟络了。但朱蕉紧紧地挽着她的胳膊不放，轻声说，皮之不存，毛将焉附？想想也是，米青只好留下来当朱蕉的皮了。

剩下的人有六个，打一桌拖拉机，多出了两个，这正好，汤亥生侍茶，米青坐在朱蕉身后学习。米青对扑克，基本目不识丁，这不怕，朱蕉吹嘘说，用不了几局，她就能把米青扫盲了。可几局下来，朱蕉自顾不暇了，一方面战事正酣，如火如荼；另一方面，在如火如荼之际，她还要忙着蛾眉宛转三分天下。于是，身后的米青，实在就顾不上了。

米青百无聊赖，在一边不停地喝茶，茶喝多了，就要上卫生间。这一上，让米青对汤亥生刮目相看。

汤亥生的卫生间不大，四五平方米的样子，浅褐色方块瓷砖，墨绿色防水浴帘，浴帘一边是莲蓬头，另一边是马桶和洗漱台，洗漱台上嵌了个青花瓷盆，上面画了半张荷叶，一朵似开非开的莲花。

比莲花更让米青惊艳的，是马桶边上的书架。一米多高的书架上，层层叠叠，摞满了书，米青倒抽口气。她也是个爱坐在马桶上读书的人，以前因为这个习惯，没少挨米红和朱凤珍的骂，骂她占着茅坑不拉屎；老米也批评她，说她对书太亵渎了。读书是庄重之事，不说焚香栉沐更衣，至少不能在排泄时进行。对米红和朱凤珍，米青无话可说，鸡同鸭讲，对牛弹琴，没有意义。对老米的批评，米青亦不以为然。此间乐，唯自知！没想到，汤亥生也有这个癖好，且这个癖，明显比她更严重。竟然在马桶边弄一书架。妙，妙不可言！米青一时生出他乡遇故知的喜欢。

书架上面，有本书是打开的，想必汤亥生正在读，米青拿起来一看，是张岱的《夜航船》。

《夜航船》米青读过，卫生间灯光明亮，米青很惬意地坐在马桶上，又温习了一遍它的序。是僧人和士子的故事。一僧人与一士子同宿夜航船。士子高谈阔论，僧畏慑，蜷足而寝。僧人听其语有破绽，乃曰，澹台灭明是一个人、两个人？士子曰：是两个人。僧曰：尧舜是一个人、两个人？士子曰：自然是一个人！僧笑曰：这等说来，且待小僧伸伸脚。米青读到这里，几乎忍俊不禁，一个人哧哧乐了半天，乐完了，米青就做了一个决定，她要嫁给汤亥生。

后来米青问汤亥生，她暗暗做这个决定时，他有没有什么感应，比如心率加快，比如左眼皮跳，比如几秒钟的手脚痉挛。如果有那种事发生，就算天作之合，比父母之命、媒妁之言更好。汤亥生说，什么感应也没有，他当时只是想，这个女人怎么回事？便秘吗？不然在一个男人的卫生间待那么久。他书架底层有《金瓶梅》，还有一本《痴婆子传》，封皮都用牛皮纸包了的，如果米青翻到，那就难为情了，肯定会认为他在卫生间藏黄书。就算可以解释说是研究用书，可为什么要用牛皮纸作封皮呢？很明显做贼心虚！他能想象米青那亦哂亦谑的神情。因此紧张得要命，以至在外面给朱蕉续茶时，把茶都洒到了扑克牌上。同事还笑他，说到底英雄难过美人关，平日汤老师看上去也是道貌岸然，没想到，一到美人面前，也方寸大乱了。

他们这样枕藉闲聊的时候，已经结婚了。自然是米青倒追的汤亥生。打那夜之后，米青就去汤亥生那儿借书了，借到第三次，她起身走的时候，突然很严肃地说，我是不会和你一块去吃晚饭的。他一愣，当时是傍晚，他们坐在阳台上，一楼人家饭菜的香味，袅袅地传了过来，是啤酒鸭和糖醋鱼，这家人大概口味很重，隔三岔五地，就会烧些浓油赤酱的东西。他的肚子咕咕地叫了几声，他真有些饿了，可他没说吃晚饭的事，这个晚上他不想出门了，打算煮碗清水面敷衍敷衍自己的肚皮，可米青不走，他只能继续全神贯注地闻一楼人家的啤酒鸭了。还别说，精力一集中，曹操望梅止渴的做法还真有点效果。他感觉胃一点点安静下来。她又说，我是不会和你一起去吃晚饭的。这一次米青的表情有些促狭。汤亥生这才反应过来，她是想让他请吃晚饭了。这手法是抄袭西格尔《爱情故事》里的詹尼。詹尼想让奥利弗请她喝咖啡，故意说，我是不会跟你一块儿喝咖啡的。奥利弗说，告诉你，我也不会请你。詹尼说，你蠢就蠢在这里。奥利弗于是请她喝咖啡了。——汤亥生厕所的书架上有这本书，米青一定看见了，所以和他玩东施效颦的游戏。

汤亥生接下来应该说，告诉你，我也不会请你。米青再说，你蠢就蠢在这里。游戏要这样玩，才有意思。可汤亥生不想说。对米青这个人，他其实是有些怀恨在心的。三年前姚老太太问他愿不愿意和米青交往，他当时不置可否地笑了笑，没有说话。可姚老太太把这笑就理解为愿意了，并自作主张地向米青转述了她的理解，结果遭到了米青的拒绝。他很窝火，他是个外表温和内心骄傲的人，因为这骄傲，他从来没有主动追过哪个女孩子，大四时，同宿舍的男生几乎倾巢而出，一个个如发情的畜生一样，把身边的女生追逐得鸡飞狗跳，只有他守在宿舍，日日与书做伴，清心寡欲，静若处子。书上“书中自有颜如玉”，屁话！宿舍的男生嘲笑说，除非你看的是《花花公子》，或者学蒲松龄意淫出一个狐狸精，不然书里怎么会有颜如玉？他懒得理他们，依然故我地过着自给自足的有尊严的生活。孟子说：鱼，我所欲也；熊掌，亦我所欲也，二者不可得兼，舍鱼而取熊掌也。对汤亥生而言，如果女人是鱼，尊严就是他的熊掌。可因为姚老太太，他鱼没欲着，尊严却平白无故地被伤害了一回，他气得要命，可这事也不好找姚老太太理论，也不好找米青解释，一解释，就显得太鼠肚鸡肠了；可不解释呢，又冤枉，以至于后来很长时间里，他碰见米青，都觉得如鲠在喉如芒在背。

现在好了，他终于有报一箭之仇的机会。打米青第一次来找他借书时，他就明白了，她看上他了。但他假装不明白，很客气地招呼她。也许因为他的过分客气，她也有些讪讪然；可第二次再来还书时，她就有头回生二回熟的自然而然，可汤亥生还是很客气很生分。书读多了的男人，到底木讷，难怪三十三还没有娶上老婆。米青沉不住气了，第三次干脆主动抛绣球了。

可汤亥生不接。来而不往非礼也！米青三年前给他的，他要还给米青。米青后来讥笑他气量小，汤亥生不承认，这不是气量不气量的问题，而是男人的脸皮问题。女人想当然，以为男人都是厚脸皮，其实呢，不对，有的男人的脸皮比女人薄，薄如蝉翼，吹弹得破。

米青那时不知道汤亥生是成心报复，还以为汤亥生不谙风情。于是愈加直白，愈加用力，带着“不破楼兰终不还”的坚决。直白了几个月，直白到中文系师生差不多全知道了米青老师在追汤亥生老师，汤亥生这才若有所悟似的，和米青开始恋爱。姚老太太愤愤不平，说，敬酒不吃吃罚酒，给的不要讨的要，米青这个人，还真是——真是——真是什么呢？有人问，姚老太太摇摇头，不说了，回到家里，终于憋不住，对孟教授说，米青这个人，还真是——真是——贱！孟教授没反应，和平常一样呆若木鸡。饭桌上今天只有清蒸南瓜，素炒山药木耳，都是孟教授不爱吃的菜，孟教授没心情和姚老太太说话。

这事朱凤珍知道了，也气得咬牙切齿，妹头是花，后生是蝶，世上只有蝶恋花，哪有花恋蝶？！老米也这样想，不过用的是另一种说法：关关雎鸠，在河之洲。窈窕淑女，君子好逑。可米青唱的这一出，完全倒过来了，是窈窕君子，淑女好逑！——只是汤亥生的样子，实在和窈窕不相干！

对这种庸俗的市井论调和迂腐的封建思想，米青嗤之以鼻。重要的是爱情，爱情发生了，还管它是蝶恋花，还是花恋蝶！

婚事一切从简，这是米青的意思，汤亥生妇唱夫随。能不随么？他家在乡下，父亲十年前就过世了，剩下寡母，六十多了，身体还硬朗，在家一边种菜园养鸡鸭，一边帮弟弟寅生带小人。寅生早结婚了，生了一女一儿。乡下的日子不容易，寅生原来指望哥哥帮他在城里找份工作，他读过书，初中毕业呢，也算吃了墨水的人，还会修小机电，他希望能在学校当个电工什么的。学校里那么多灯，一到夜里，灯火通明呢，应该会需要不少电工的；至于他媳妇小菊，没什么技术，不过小菊厨艺好，会做胭脂鹅，会做荷叶鸡，那个香，每次都能把村长香来，村长吃了，说味道比乡政府大院里的还好。所以，小菊可以到学校食堂工作。两口子扛了一麻袋绿豆芝麻来，还捉了几只老母鸡。哥哥找领导办事，不能空手不？小菊很伶俐地说。汤亥生苦笑，他在学校认识的领导，最大的就是系主任陈季子。可陈季子能安排什么工作？不过就是安排他的老丈人在传达室看看门，其他的，似乎也不能——就算能，又怎么轮得上他汤亥生的弟弟弟媳？这情况汤亥生不好意思说，支吾搪塞半天，就是不肯去找领导。弟媳不高兴了，私下对弟弟说，都说兄弟情愿兄弟穷，妯娌情愿妯娌怂，看来是真的。弟弟也不高兴了，沉了脸对汤亥生说，哥不是博士吗？博士在领导那儿会没这点面子？不给面子就撂挑子，看他还怎么办学校？这话也就是汤亥生听听，如果学校其他人听了，会笑掉大牙。汤亥生自然不能撂挑子，弟弟弟媳拎了老母鸡和芝麻，气呼呼回了老家。他们后来去了广州，在同乡的介绍下，汤寅生还真在一家工厂做了电工，而小菊也在一家馆子店当帮厨。他们工作一落实，就到公用电话亭给汤亥生打了电话，有壮志已酬的豪迈，也有自力更生的骄傲，汤亥生松了口气，却也有些惭愧，百无一用是书生，果然如此。当初他考上大学时，村子里的人都以为他家从此要一人得道，鸡犬升天的，所以都十分艳羡和巴结他家。他母亲出门买豆腐，花两块豆腐的钱，能买回三块豆腐来，到屠夫那儿砍半斤五花肉，能砍回六两来；他家的大黄犬也沾他的光，在村子里很有地位了，除了村长家的老黑，它基本是一犬之下，万犬之上的；汤亥生每次回老家，享受的待遇也是官宦回乡省亲的阵势。那真是他们家的辉煌时期，可后来渐渐就不行了。他们殷勤了老半天，可汤亥生家怎么总不见升天的迹象？别说鸡犬升天了，就连汤亥生本人，多年之后，也还是那落魄秀才的样子——乡民们虽然没有多少见识，但看人发达不发达的眼光还是很毒辣的。他们甚至有上当受骗的委屈，尤其是屠夫，恼羞成怒之后，给汤亥生母亲的五花肉，由六两变四两了。汤亥生也悻悻然，觉得自己简直如柳宗元笔下的那只黔之驴，庞然大物吓唬别人半天，到最后，也就是“蹄之”两下的本事。汤亥生后来几乎不回老家了，没脸回。

——在这种情况下，他的婚事能不从简？

朱凤珍是不同意从简的，女人一辈子只有一回的事情，怎么能这么马虎了事？可她不同意没用，因为之前米青压根没有征求她的意见。等到朱凤珍和老米知道了，已经晚了，生米早煮成了熟饭，他们两个人住一起了！门口倒是贴了一副大红对联：但愿人长久，千里共婵娟。字写得龙飞凤舞，要不是老米念过苏东坡的《水调歌头》，这对联他就认不出来了。窗户上有两个红双喜，还有两只鸳鸯，两只鸳鸯都戴了眼镜，姿态很滑稽，没有交颈而眠，没有追逐戏水，而是各自歪了头，对着一本书，苦思冥想的样子——这是姚老太太的才华和幽默，吃了米青和汤亥生的几颗喜糖之后，老太太前嫌尽释，怀着十分美好的心情，创作了这幅剪纸艺术，对联也是她让孟教授写的。孟教授在师大，号称孟颠，书法颇有几分张旭之风的。每次中文系有老师新婚，或者再婚，孟教授都会写一副对联去祝贺的。可打退休之后，他就惜墨如金了，对联不送新婚的，只送再婚的，别人问原因，他说物以稀为贵，但姚老太太知道他这么做只是因为“梅开二度”这几个字写得好，好到了欲罢不能的程度，也不管别人是二婚还是三婚，横联他一概写“梅开二度”。如果新婚的横联可以写这几个字，姚老太太相信，孟教授肯定还是会照送不误的。当然，新婚是不能送“梅开二度”的，所以孟教授就一直惜墨如金了。这一次之所以破例，一是因为他对米青和汤亥生印象很不错；二呢，是姚老太太那天用胭脂菇鸡汤引诱和威胁了他。姚老太太说，如果他上午把对联写了，中午她就做胭脂菇炖鸡汤，如果下午写呢，她就晚上做胭脂菇炖鸡汤，如果到晚上还没写呢，对不起，就不做了，她把胭脂菇送给隔壁的周师母。周教授喜欢吃芫荽凉拌胭脂菇，周师母这次因为去菜市晚了，没买到胭脂菇，周教授正在家怄气呢。

贴副对联就算结婚了，这样的事，也只有在省城会发生，也只有在米青身上会发生。朱凤珍气得心口疼，却也无可奈何。米青的事，她一向做不了主，打小就这样，叫她东，她一定西，叫她南，她一定北。因为这样，朱凤珍和她说话都要反着说。三岁就开始了。喂她的饭，她紧闭了嘴，不吃，朱凤珍说，这饭青青不吃了，给猫猫吃，她马上把嘴张开了；米老太太给她穿小花罩衣，她把小胳膊抱紧了，生死不肯穿，朱凤珍说，这花衣服青青不穿了，给姐姐穿，她马上把两只胳膊伸直了。但这法子，也就只管用到幼儿园。米青幼儿园一毕业，开始读小学的时候，朱凤珍再用这反着说的法子，她就瞪了两只溜圆的眼，很鄙夷地看着朱凤珍，把朱凤珍看得心里发毛。也就是从那时候起，朱凤珍对米青不太喜欢了。弄堂口的老蛾说，这是因为米青头上长了反旋，头上长反旋的人，性格就这样，喜欢和别人拗着来。在家和父母拗，嫁人了和公婆丈夫拗。没办法，这是相拗。女人相拗了，命也就拗了。和弄堂里的小苏一样，小苏就是因为眉毛的曲折斜长，才会离婚二次结婚三次的。都是命，命里注定的，逃不脱。

老米认为这是打野狐禅，老蛾这妇人，最会妖言惑众，利用封建迷信，来骗取钱财，和赵树理写的三仙姑，其实是一回事。如果是旧社会，她肯定也会跳大神，并且闹出“米烂了”之类的笑话。这笑话老米给朱凤珍讲过无数次，朱凤珍每次听了，都乐开了花，可乐开花归乐开花，之后还是信老蛾。老米自觉很失败，他一堂堂人民教师，却教育不了自己的老婆。米青不听话和头上长反旋有什么关系？不过是因为读书多，读书多的人自然就有怀疑和叛逆精神，扯什么相拗不相拗的？

这话朱凤珍不相信。米青三岁时读什么书了？斗大字还不识一个呢！所以，天生的相，酿成的酱，有道理的。不然，米青都在京城读大学了，又在大学堂里当女先生，怎么也应该过上富贵日子了，可她就是过不上，相不带富贵呢。“一螺穷，二螺富，三螺四螺卖麻布”，老蛾说过的。米青有四螺，是卖麻布的命。既然卖麻布的命，这样寒酸地结婚，似乎也理所当然。

朱凤珍有些心酸，这个二女儿虽然和自己不怎么亲，可说到底也是自己身上掉下来的肉。看着一身素妆的新娘子米青，朱凤珍不忍了。走之前，她拉着老米去“周大福”，给米青买了条金项链，24K 的，三钱多重呢，到收银台付钱的时候，她手都有些抖，她花钱一向是很仔细的，这一次，少见的大方。老米一直站在她身后，很温顺的样子，好几次，还轻轻摁了摁她的肩膀。她知道，这是老米在表扬她了，三个女儿里，老米其实最疼米青的。

可米青还不领情，米青说，你们弄金项链干什么？干脆给我镶颗大金牙得了。

这话是讽刺了，朱凤珍虽然没文化，也听出了米青话里讽刺的意思，眼圈一红，没说什么，把金项链放到老米手上。老米又摁摁朱凤珍的肩膀，沉了脸，一言不发地把金项链往米青的书桌上重重一放，两人一起下楼了。

米青这才意识到自己这话有些伤人了，怔了怔，还是把金项链收了起来。

他们在省城也就待了两天，老米还有课，不能多耽搁；朱凤珍的裁缝铺子呢，交给三保和米白打理，她也不放心，三保的手艺虽然也不错了，但有些难侍候的老主顾，还是自己侍候更妥当些，如今裁缝铺的生意不比从前，可不能马虎半分。何况，米青这儿也实在不好住，一室一厅的房子，老米睡沙发，汤亥生打地铺，朱凤珍和米青睡床——他们家也就这张床是新的，有新婚的气象，朱凤珍不肯，她不习惯和老米分开睡，她虽然五十多了，可每天晚上还喜欢枕一枕老米的胳膊，撒撒娇，他们结婚几十年了，却还是十分恩爱的。而且，朱凤珍也不想和米青一起睡，打米青三岁之后，她还没和米青在一个房间睡过呢，何况还是同床共枕，她百般不自在，米青或许也不自在，所以一直坚持要老米和朱凤珍睡床，她和汤亥生打地铺，老米又不同意，鸠占鹊巢，不合适。想一想新郎汤亥生的复杂心理，他也睡不好。最后只好依汤亥生的安排，各自左右不合适地睡下了。

老两口走的时候，米青正好有课，是汤亥生一个人送行的。汤亥生排队买了票，又买了一大堆车上吃的东西，面包，水果，瓜子花生，塑料袋下面，还放了一本书，是朱自清的《背影》，之前两人聊天时，老米说到过，他最喜欢的作家是朱自清，没想到，他就记住了。汤亥生说，在车上解解闷，有五六个小时呢。老米很矜持地笑笑，没说话。对汤亥生这个女婿，他其实还是比较满意的，稳重，有学问，人又周密细致，看上去靠得住。和米红的前夫俞木完全不一样，当初也是昏了头，竟然同意把米红嫁给俞木，那种纨绔子弟怎么能嫁呢，吃喝嫖赌，一身恶习，都是朱凤珍妇人之见，嫌贫爱富。想到这里，他有些埋怨地看看朱凤珍，朱凤珍不知道，兀自板了脸坐在那儿，她对汤亥生是不太看得上的，不过，她看不上也没用，这是米青的事，她横竖插不上手。这也好，到时他们好也罢，歹也罢，怨不得她了。

再说，三十岁的老妹头，也实在不好再挑三拣四了。再挑，天怕就黑了。之前她自己曾忧心忡忡地对老米这么说过。所以，米青最后能找个有手有脚的男人嫁了，也算阿弥陀佛了。至少朱凤珍回苏家弄，不用怕王绣纹了。自从米红离婚后，王绣纹隔三岔五地，就爱上裁缝铺子里来，每次总带了苏丽丽的儿子过来，这是显摆了，显摆她家苏丽丽的婚姻美满。当初苏丽丽奉子成婚，嫁给一穷二白的陈吉安，朱凤珍话里话外，没少寒碜王绣纹，人家现在反攻倒算来了。朱凤珍埋了头干活，不搭理她。米白没眼色，还拿了大白兔奶糖逗苏丽丽的儿子，苏丽丽的儿子长得像陈吉安，大眼睛，白皮肤，嘴唇像花瓣一样好看。米白十分喜欢。每次他来，都丢下手里的活计，去逗弄他。朱凤珍把量衣尺往裁衣板上一丢，啪地一声，平地惊雷般。苏丽丽的儿子吓得睁圆了眼，扯了王绣纹的衣襟要走。王绣纹只得走了，走之前，笑吟吟问一句，你家米青，今年多大了？朱凤珍气得差点把量衣尺往王绣纹脸上扇，米青多大了，她能不知道？苏丽丽和米红同岁，米红比米青大两岁。成了心要哪壶不开提哪壶！可现在好了，朱凤珍不怵了。下次王绣纹再来，她也要猫戏老鼠，一样一样对王绣纹说，说米青结婚了，说米青的老公是博士，说米青的老公是大学教授，看她还张狂不？

汤亥生和米青婚后的生活很美妙。两人是初婚，也是初恋。汤亥生之前没谈过恋爱，有过一次暗恋史，是大学同班女同学，也就暗恋了两个月，两个月的寤寐思服之后，有一次他在校外撞到这个女同学和一个男人手挽手作伉俪情深状，他的暗恋立刻就胎死腹中了。弃置何足道，努力加餐饭。他勉励自己。当天在食堂就买了红烧肉，晚上的睡眠也恢复了，以后就再也没有什么情事了，最多不过一时半刻的恍惚，不足挂齿的。米青呢，也算没谈过，有两个男生正式向她示过好，一个是大学时文学社的成员，物理系的，却无比热爱写诗；另一个是读研时的师兄——堂师兄，因为不同门，是研究先秦文学的。两人一开始都获得了米青的好感，但后来都没通过考查——考查的内容说起来也简单，就两项：一是两人上书店待上一整天，二是约上朱蕉一起去喝一回酒。如果在进行这两项内容时，男生始终能表现出心无旁骛的品质，考查就算通过了，如果男生有片刻的坐立不安心猿意马，米青立刻就会暗下决心。米青做事，一向有自己的原则的，不关原则处，疏可走马，关于原则处，密不透风。杀伐决断，毫不手软。那两个男生，就在不明就里的情况下，被杀伐了。

而汤亥生，也是在不明就里的情况下，通过了米青的考查：马桶边放书架的男人，对朱蕉的风情视而不见的男人，对米青而言，基本属于量身打造，米青遇见了，就不能放过，只能叹：今夕何夕，见此良人！

那天的酒席之上，米青看上去是心不在焉淡泊明志的样子，却一直冷眼旁观，几个男人在朱蕉面前的反应，她明察秋毫，一清二楚。

爱情在三十岁时才来，似乎有些姗姗来迟。米红十几岁就开始恋爱了，和三保青梅竹马，和陈吉安眉来眼去。但米青直到三十岁，还是空白呢。不过，十几岁恋爱有十几岁的好，因为什么都没经历，三十岁恋爱也有三十岁的好，因为什么都经历了。而米青和汤亥生的恋爱，却同时具备了这两种好：两人虽然都年过三十，却没有恋爱的实践经验；可两个人又都具有丰富的理论经验，读万卷书，行万里路，也就是说，他们在爱情的世界虽然足不出户，其实呢，日月星辰锦绣山河早就见识过了。再次相见，感觉是温故知新，或者说旧地重游。

早知如此，我们何不让老孟的横批写上“梅开二度”，也省得他“花好月圆”写得不情不愿。

两人狎昵时，米青调戏。

孟教授写对联之事，姚老太太早对米青说过了。

汤亥生说，依你那意思，又何必“梅开二度”，干脆“梅开千度”不是更切题？

那样的话，对联下面还要让老孟用蝇头小楷加一注释，不然，别人一旦误读，我们在师大就身败名裂了。

可老孟不写小楷，这事说不定还要麻烦陈季子了。——陈季子的楷书在中文系是第一人，尤其是蝇头小楷，他因此在全校专门开了选修课，就叫“楷书要论”。

但要劳陈季子主任的大驾肯定行不通，这事看来只能泡汤了。

只能泡汤了。

汤亥生一本正经地说，米青亦一本正经地说。这是他们的言语方式，或者说，谈情说爱的方式，总是寓谐于庄的，寓谲于正的。

米青和汤亥生的家，最阔的是卧室兼书房，第二阔的是洗手间兼书房，第三阔的是客厅兼书房，最简陋最寒碜的是厨房。

一单口煤气灶，一白瓷砖砌的水池，两个木橱，一木橱放杯盘碗盏油盐酱醋，另一木橱上放了个微波炉。看上去，有点像单身宿舍的厨房装备。其实还不如有些单身的人讲究，至少当初马骊和她未婚夫的煤气灶，是双口的。

本来结婚前米青应该改造一下的，姚老太太过来送对联时，顺便参观了他们的房子，提了很多建议，其中噜苏最多的，就是汤亥生的厨房。关于婚姻中厨房的重要性，姚老太太发表了许多高论，但米青笑笑，姑妄听之了，厨房属于她疏可走马的范畴，她和汤亥生的口腹之事，基本在学校食堂解决。师大有五个食堂，最近的教工食堂，离他们住的楼不到100米，下楼转个弯，就到了。

米青和汤亥生一般都在教工食堂吃，教工食堂的米饭好吃，东北大米，晶莹圆润，如富家千金小姐一样，也不贵，二毛钱一两，米青买二两，汤亥生买四两，再加上一份豆豉虎皮椒，一份韭菜炒鸡蛋，一尾红烧鲫鱼，很不错的一顿午餐了。如果天气好，有阳光，他们就喜欢坐在食堂外面吃，食堂外的路边种了樟树，樟树下有木椅，他们一人一个饭盒，一人一本书。阳光透过樟树叶子照下来，斑斑驳驳的，照到米青的脸上、书上，把米青照得昏昏欲睡了，米青便把饭盒和书一丢，斜靠在汤亥生的肩上，眯一会儿。汤亥生仍然一边吃他的饭，一边看他的书。

米青有时不让他看，把书抢了，扔到脚下，汤亥生也不生气，捡起来，拍一拍，再翻到刚看的那一页，用书签夹夹好。之后就陪米青静静地坐着，看路过的人，或狗。教师宿舍区现在有许多狗了，养得最好看的，是苏不渔家的苏苏，和陈季子家的薛宝钗，苏苏小巧玲珑，薛宝钗珠圆玉润。米青看了，很喜欢，一时心血来潮，也想养一只，把这想法和汤亥生一说，汤亥生不置可否，只是笑，把米青笑得不好意思了。也是，她到现在，别说养动物了，就是养植物，也是养一盆死一盆。结婚时马骊和她的未婚夫送了盆绿萝过来，明明说可以养二到三年的，结果，到他们家不过两三个月，葳蕤丰腴的绿萝就日渐憔悴，最后终于呜呼哀哉了！米青一气之下，又到花草市场上买了盆绿萝回来，两三个月后又呜呼哀哉了。这是见鬼了，米青不信邪，又捉了汤亥生到花草市场去，这一次发了狠，米青一下子买了两盆绿萝回来，一盆放卧室书架边，一盆放客厅书堆边，小小的屋子，一时绿意盎然，简直有田园诗歌的意境。米青小心翼翼，严格按姚老太太指导的方法来养护，结果更糟，两盆绿萝一个月之后就相继桑之叶落其黄也陨了。米青不明所以，问姚老太太，姚老太太也茫然得很，只好说，没别的，风土不宜。

米青要再买，汤亥生不愿意了，说，你这是滥杀无辜荼毒生灵。这帽子一扣，米青不好意思了，只好放下屠刀立地成佛。两人后来到别处去田园诗歌，也不用走远，就在楼下，学校的教授都爱养花草，窗台上，院子里，处处花红叶绿，他们坐在食堂外面的木椅上，看对面人家的院子。院子第一家，是新闻系的庄教授家。庄教授的老婆是日本人，他家的院子因此有日本庭院的风格，麻雀虽小，五脏俱全，院子里花草扶疏，玲珑有致，还挖了一个小水池。小水池他们走近看过，里面养了睡莲，还有几条红金鱼白金鱼，张了裙子一样的尾巴，在墨绿色的水里游来游去。廊檐下有类似榻榻米的木板，木板上放了一灰布坐垫，米青有时很想进去，在那布垫上坐一坐，那或许就不是中国式的田园诗歌了，而是日本松尾芭蕉俳句的意境，“闲寂古池旁，青蛙跳进水中央，扑通一声响”，那些花花草草下面，应该藏了一两只青蛙吧？但米青和庄教授不熟，和他的日本夫人更不熟，所以，就只能在围墙外看一看，过过干瘾。

对面院子第二家是历史系程教授家的。程教授家的院子没有庄教授家好看，在庄教授家看花看草，在程教授家就只能看老太太。他家有个白发老太太，一天到晚，在院子里活动：择菜，晾衣晾鞋袜，或者用一小竹匾，晒小干鱼——程教授家似乎总有晒不完的小干鱼，所以每次在教学楼遇见程教授，他身上总有一股子干鱼味儿。米青不爱闻，只好屏息几十秒，待程教授走远了，再呼吸。

一开始米青以为那白发老太太是程教授的岳母，后来才知道，那就是程教授的夫人程师母，程师母比程教授大八岁，又没文化，没人知道程教授当初为什么会娶程师母。就连号称师大百科全书的姚老太太，也不知道其中缘由。米青极惊讶，惊讶之余又生出敬佩之心，为程教授溯洄而上的勇气，男人都喜欢一树梨花压海棠，可程教授家，却风景殊异，完全是一树海棠压梨花的景致。这种不庸俗的男人，米青欣赏。可汤亥生不以为然，汤亥生说，这不过是体现专业素质的一种方式，你要知道，人家是历史系教授，所以会用历史的眼光看问题，历史愈长，就愈有审美价值。这是胡诌了，汤亥生这个人，有点像老米，在外人面前一本正经不苟言笑，可在老婆面前，说话也有几分轻薄的。——不过这种轻薄，米青也喜欢。

米青有时会内疚，他们这种行为是不是有点不道德，在别人不知道的情况下，偷窥了人家的生活，并且对人家的生活胡说八道。汤亥生说，我们这行为，相当于看《清明上河图》，或《东京梦华录》，然后学一学金圣叹，评点几句，怎么就不道德了呢？

这说法米青又喜欢，他们坐在木椅上，看看树，看看狗，再看看人家院落里的生活，然后闲言碎语几句，不过相当于看画看书，相当于文艺批评，没什么不道德的。米青这下子看得理直气壮了。汤亥生这家伙，看来还真不是白长了个孔子一样的大脑袋，都有化俗为雅的能力。孔子能堂而皇之"食不厌精脍不厌细"，汤亥生呢，能在如厕时坐拥书城，还能在窥看人家院子时堂而皇之说，这是在看《清明上河图》和《东京梦华录》。

厉害！着实厉害！

当然，对米青而言，汤亥生的好，不仅是能和孔子一样化俗为雅，更重要的，是他也和孔子一样，有"己所不欲，勿施于人"的美德。

食堂吃久了，偶尔也会生厌。尤其在黄昏时，楼下人家的厨房里，会有十分浓郁的饭菜香味飘过来，汤亥生的脸上，这时就有"心向往之"的迷醉，亦有"不能至"的遗憾。人类最原始的生物需求，毕竟是十分强大的，光靠书本根本无法抑制它。米青对此也深有体会，深有体会也没办法，总不能觍着脸跑到别人家的厨房去满足自己的生物需求。那女人米青倒认识，姓姜，不知是叫姜子鱼，还是叫姜子瑜。他丈夫是个大嗓门，似乎须臾不能离开自己的老婆，总听到他在院子里“姜子鱼”“姜子鱼”地喊。米青和汤亥生为那个女人的名字打过赌，米青赌叫姜子瑜，瑜，美玉也，天生是女孩子的名字。父母把女儿叫作玉，既希望她长得如花似玉，又希望她过金枝玉叶的生活，又希望她有守身如玉的道德，言简意丰，一字千金，不用在女人的名字上，简直糟蹋了这个字。汤亥生说，那宝玉还是男人呢，名字不也是玉吗？米青说，宝玉之所以成为败家子，就因为取坏了名字，男人取个女人的名字，能好吗？周瑜呢？周瑜不也是妇人胸襟，才被孔明气得吐血。都是玉字惹的祸。也是，可汤亥生还是赌叫姜子鱼，人家的父亲说不定是搞历史的，知道姜子牙在渭水钓鱼这个典，所以叫姜子鱼了。两人争执不下，只好赌。赌什么？米青提出赌三声狗叫，不是汪汪就敷衍了事的那种，而是命题作文：如果汤亥生赢了，米青就得学陈季子家的薛宝钗叫，薛宝钗是公的，叫声狂放，是大江东去的那种；如果米青赢了，汤亥生就学苏不渔家的苏苏叫，苏苏是母的，叫声柔媚，是梅兰芳唱小旦的那种腔调。且要学像了，得分八十以上，才能通过。但汤亥生不同意学狗叫，不是他没信心——他在乡下长大，别的没听过，但鸡鸣狗吠那是听多了，学狗叫，那也是童子功，肯定能叫好了。熟读唐诗三百首，不会作诗也会吟么！可八十分由米青说了算，那就不科学，万一米青徇私舞弊，总给他六十分，那他岂不要一直学苏不渔家的母狗叫？汤亥生不上当，汤亥生要赌别的，别的什么？他要赌一顿饭，楼下人家的一顿饭。汤亥生说，如果那个女人叫姜子鱼，米青就要去楼下人家提要求，不管是以什么理由，总之就是要到她家蹭顿饭。米青觉得汤亥生真是馋疯了！好在，那女人不叫姜子鱼，也不叫姜子瑜，而是叫姜芷芸，女人的老公卷舌音不卷舌音分不清，鼻音又分不清，所以子芷不分，芸鱼不分了。汤亥生知道后一脸失望，犹自恋恋不舍地对楼下探头探脑，仿佛是到嘴的鸭子飞了的沉痛表情，米青对他没出息的样子觉得好笑，佯恼了把汤亥生从阳台上拉进屋，然后关上门窗，又开始夫妻双双苦练思无邪了。

思无邪经常不管用，这时汤亥生和米青就会去“凤祥春”打一回牙祭。“凤祥春”的东坡肉做得好，啤酒鸭做得好，铁板鲈鱼也做得好，汤亥生喜欢吃啤酒鸭和东坡肉，米青喜欢吃铁板鲈鱼，没关系，都点，谁也不用谦让。人生得意须尽欢，莫使金樽空对月。五花马，千金裘，呼儿将出换美酒。汤亥生平日是汤亥生，可一到酒桌上，就摇身一变，成半个李白了。有半个李白的人生高度，也有半个李白的慷慨，米青很喜欢。当然，所谓换美酒只是那么一说，李白喝酒是为了斗酒诗百篇，他们也不写诗，换美酒干什么？他们醉翁之意不在酒，只在肉。两人以茶代酒，大碗喝茶，大块吃肉。把肉盆吃得见底之后，再用东坡肉汤汁浇饭，一人一大碗。

米青的饭量，巾帼不让须眉，和汤亥生比起来，不说有过之，至少无不及。两人吃得满嘴流油，肚皮滚圆，然后心满意足地回家。

这种吃法有点儿像穷书生买春，只能偶尔为之，因为身子吃不消，经济也吃不消。每回去“凤祥春”之后，他们的钱包就明显瘪下去许多，肠胃也会不自在许多天，两人揉着肚皮算算账，只好喝几天稀饭了。

如果自己做，就省许多。菜市场的猪肉十块钱一斤，鸭子七块钱一斤。买两斤猪肉二十块，买一只鸭子二十块，加上一瓶啤酒，油盐酱醋，不超过五十块，两个人，吃几天。姚老太太这么对汤亥生说。是语重心长的教导，也是别有用心的批评。这批评倒不是只针对米青，而是针对所有不做饭的女老师。中文系有好几个这种女老师，她们以为读了几本书，就有资格不做饭了，就有资格让男人系围裙了。姚老太太最看不得这种女人。孟教授在娶她之前，有过一个对象，也是中文系的，不知什么原因两人分手了，那女人后来嫁给了老金教授，老金教授当时还是小金讲师。每次上课时都会拎了两个会议袋子，一个会议袋子装讲义，一个会议袋子装菜，装讲义的袋子搁在讲台上，装菜的那个袋子就斜搁在讲台后，小金讲师也不避嫌，就由了芹菜莴苣绿叶子从袋口露出来。即使有督导听课，他也是这做派。由此金老师美名远扬，都知道金老师上课前要先去菜市场，下课后要洗手做羹汤，而且这羹汤做得和他的莎士比亚研究一样好，而且还乐此不疲地做了几十年，从小金讲师都做到了老金教授。女老师们有时闲了，心情好了，会拿这个调笑他老婆，他老婆也一把年纪了，还娇滴滴地说，没办法，我这个人，有毛病，闻不得油烟味，闻了，就心口疼。闻油烟为什么会心口疼，姚老太太想不通，好歹也要有个像样的说辞，比如反胃，比如皮肤过敏，虽然也牵强，但多少还能说得过去。说闻油烟会心口疼，简直是秦桧的莫须有，是赵高的指鹿为马，明目张胆地欺负人。姚老太太愤愤不平，这女人也忒不像话，老公把菜袋子都拎到了教室，她不以为羞，反以为荣。如果当初孟教授娶了她，那如今拎菜袋子进教室的，就不是老金了，而是老孟了。姚老太太经常这么对孟教授说，是表功的意思，想要孟教授为娶了她这样贤惠的老婆感恩戴德。孟教授这辈子没进过厨房，一直过着衣来伸手饭来张口的剥削阶级生活。一般情况下，姚老太太是很娇纵孟教授过这种剥削生活的。但有时也觉得委屈，也想享受一回老金老婆的待遇，可孟教授却坚决不干，说什么君子远庖厨。什么意思？按他这说法，他是君子而老金是小人了？狗屁！如果不是娶了她，他凭什么君子远庖厨！忘恩负义的老家伙！姚老太太平时称呼老孟，喜欢和他的学生一样，称呼孟教授，但一生气，就叫老家伙了！

但汤亥生米青的模式和他们不同，他们是一人做，一人吃，反正周瑜打黄盖，愿打愿挨。汤亥生和米青呢，都不愿意做，都想吃。这自然不行。好在两人都高度理解对方，己所不欲，勿施于人。有了这种认识，汤亥生就不怪米青，米青也不怪汤亥生。两人志同道合吃食堂，食堂吃一段日子，吃厌了，就志同道合上一次“凤祥春”，平均下来，差不多是一个月两次。比上书店的频率低，他们上书店，是一周一次，按汤亥生的说法，这叫周期性发作。

他们偶尔也用一用厨房。汤亥生会煮面条，清煮，放两个鸡蛋，几片青菜叶子，就点螺蛳酱，也蛮好，如果面没有煮坨了的话。但面经常是会煮坨的，坨成面疙瘩。他们家的煤气灶有点问题，火苗总是很小，要把面和鸡蛋煮熟，要十分钟呢，这十分钟汤亥生也不能好好等，要看书，一边看书一边等，结果，面坨了，没法吃。两人相视一笑，又各自拿了饭盒去食堂。

米青会煮稀饭，大米稀饭，小米稀饭，绿豆稀饭，花样很多，总之是稀饭系列，还会煮红豆花生莲子稀饭——这个不叫稀饭，叫粥。《浮生六记》里的芸娘，为沈三白在闺房中藏粥和小菜的故事，米青很喜欢。所以每次熬粥，米青都是郑重其事的样子。熬粥要一个小时呢，一个小时很难不开小差，米青就用闹钟。闹钟响三次，第一次是要关小火；第二次是要搅一搅，然后半开了钵盖；第三次呢，粥好了。米青大叫一声汤亥生，汤亥生就跑过来了，戴上棉手套，把粥钵子很小心地端到桌子上，然后，拿碗碟、拿筷子、盛粥、打开剁椒和腐乳瓶盖子，米青就闲了手，老爷一样坐在桌子边，等汤亥生侍候。她熬了粥，是功臣，理所当然可以当老爷。

他们的日子就这样过了三年，如果不是汤米要出生，他们或许就这样过一辈子了。

汤米也叫米汤，学名汤米，小名米汤，别名米汤生——这别名是汤亥生坚持要取的，汤亥生说，古代的文人不都有个别名吗？李白别名青莲，杜甫别名少陵，都风雅得很。米青且由他了，汤米还在肚子里呢，不过两个月，看超声波，还是一只蝌蚪。一只小蝌蚪，竟然就学李白杜甫，弄个别名，也忒煞有其事了。米青憋住笑，由了汤亥生忙乎。

考虑到米汤生在米青肚子里的进化，再吃食堂有些不合适了，他们打算请个保姆，打电话给朱凤珍，让她在辛夷帮忙物色一个，条件不高：只要求手脚干净，能做好饭菜。

这好办，朱凤珍说。

可半个月后，米红来了。

米红来之前没有告诉米青，米青还以为是保姆来了，兴冲冲让汤亥生去车站接，结果，没接到保姆，把米红接来了。

米青很恼火，背了米红质问朱凤珍，怎么回事？他们要找的是保姆，又不是千金大小姐。朱凤珍也知道这事米青肯定不乐意，所以赔了小心说，自家姐妹，总比别人好。怎么比别人好？米青那个气，她和米红打小关系就不好，朱凤珍又不是不知道。朱凤珍说，再不好，也比保姆强，至少不会像保姆一样，在饭菜里面下砒霜。辛夷以前出过这事，保姆被东家扇了耳光，恼羞成怒之下，用砒霜毒死了东家好几口子。这事当时在辛夷闹得很大，米青也知道。可米青和汤亥生又不会扇保姆耳光，要担心保姆下砒霜干什么？杞人忧天！

很显然，朱凤珍让米红过来，有其他的意思。

什么意思呢？米青不问，米青懒得问，反正过几天，米红就回去了——即使米青不开口，米红自己也待不住，她一个娇滴滴的千金，能照顾米青？

可朱凤珍不同意，米红是不能回辛夷的。

为什么？

因为——因为——

因为什么？

朱凤珍不说话了。

问老米，老米说，还能因为什么？人家的老婆都到苏家弄来闹了。

谁的老婆？

还有谁？黄佩锦呗。

米红离婚后，不好好在家待着，一天到晚到“莲昌堂”隔壁那家杂货店去厮混，和杂货店的老板娘打得火热。那个杂货店的妇人，不是什么好东西。每天涂脂抹粉，打扮得妖妖冶冶的，在麻将桌上勾搭男人。米红就是被她带坏的。一开始老米就警告了朱凤珍，让她管管米红，年纪轻轻的，就迷麻将，不是什么好事。他还是希望米红跟着朱凤珍在裁缝铺里做事，裁缝虽然不算什么好工作，但至少能自食其力。老米这个人，虽然有“万般皆下品，唯有读书高”的思想，但对自食其力，也是很看重的，这也是当初他在娶不上女老师之后会退而求其次娶朱凤珍的原因。可朱凤珍却不是这样，她自己虽然是裁缝，却一向不太瞧得起这门手艺的。在她看来，米红就算离婚了，那也不过和老蛾说的那样，是暂时的贵人落难，凤凰落草，总有一天，会时来运转展翅高飞的。娘娘的命相呢！所以她就纵容米红。不就是打打麻将么？有什么要紧，辛夷有打麻将的风气，很多人都打的，就是朱凤珍自己，有时下午店里的活不忙，她也到隔壁摸上两圈。

再说，米红打麻将还赢钱。杂货店的老板娘看来不单教会了米红涂脂抹粉，还教会了米红打麻将。米红这个人，指间不紧的，花起钱来，一向如流水，经常用赢来的钱给朱凤珍买这买那，买珍珠面霜，买杭州丝巾，买补血阿胶。补血阿胶用黄酒、冰糖、芝麻、核桃一起炖了，朱凤珍冬至前服用一段日子后，不怕冷了。以前冬天朱凤珍是很怕做事的，冷，春节前，偏活计多，铁剪刀握在手里，冰凉冰凉的，让她经常感叹自己命苦。现在因为阿胶，命不苦了。

这都是托米红的福！

所以，苏家弄即使有了一些风言风语，朱凤珍也假装没听见，由了米红每天打扮得花枝招展地，到杂货店去混。

结果，由出了事，黄佩锦的老婆闹上了门。

这一次人家有了证据！米红有一次打完麻将，不回家，而是和黄佩锦一前一后去了“莲昌堂”，虽然他们蹑手蹑脚，可还是被门房老顾看见了。老顾本来不想多事，主人风流，和门房没什么关系，可米红出来时手上提了几盒阿胶，这就和门房有关了，老顾是个有责任心的门房，当天就向夫人告发了这事。

人家于是上门了，话说得很难听！

老米和朱凤珍这才知道，朱凤珍吃的阿胶，全是黄佩锦孝敬的。

米红在辛夷，现在名声是彻底坏了，没有哪个正经男人愿意娶她了。

米青这下子明白了，朱凤珍让米红到她这儿来，不是为了过来做保姆，而是过来嫁人的。

米红住书房。本来米青和汤亥生是没有书房的，但一年前学校为了吸引外来博士，出台了一个新政策，所有的博士可以享受教授的住房待遇，汤亥生的一室一厅就换成了两室一厅。

房子是二手的，之前住的是艺术系的王喆教授，王喆学徐渭，画水墨牡丹，画出了名，就到法国去了，据说法国人，尤其中产阶级，很欣赏王喆的水墨牡丹，说有东方的意味。王喆夫妇现在住在巴黎，塞纳河的左岸，当年玛格丽特·杜拉斯住过的地方。他们在那儿开了家画廊，靠着王喆水墨牡丹里那东方的意味，过着有西方意味的生活。

他们腾出来的房子，米青很喜欢，有艺术的气息。卧室里贴了墙纸，淡紫色木槿花的。另一间房，想必是王喆的画室，好几个地方，都画上了水墨牡丹。肯定是王喆出名前画的，牡丹肥肥胖胖的，杨贵妃一样，汤亥生看了，不喜欢，说是墨猪，要刷了。可米青不同意，她喜欢书房里有这样的墨猪，不是因为什么东方的意味，而是画饼充饥——既然活的牡丹养不了，那么看看画里的牡丹，也还是很好的。王喆家的厨房也讲究，这有点出乎米青的意料，艺术家的生活，看来也有世俗的一面，灶台橱柜油烟机，一应俱全，还有一个格兰仕微波炉。王喆夫妇走时，一样也没拆走。

米青他们没有重新装修，只是把原来的书架都搬了过来，卧室的，客厅的，卫生间的。书房里放了张沙发床，本来是两用的，客来了打开当客床（他们其实基本没有客来，搬进来住了一年多，只来过两次客，一次是汤亥生的小学同学；另一次是汤亥生的中学同学），平时呢，基本就是米青用，米青喜欢箕踞在上面，读书，或者入禅（入禅是米青自己的说法，汤亥生说是发呆）。可现在，米青用不成了，米红把米青的书房变成了她的卧房，把米青的沙发变成了她的床。

汤亥生更不方便。原来他的电脑就放在书房，他最喜欢坐的藤椅也在书房，他在那儿备课，在那儿写论文，在那儿改作业。现在米红雀占鸠巢，汤亥生没办法，只好把他的电脑和藤椅转移到卧室去了。

如果不是米红，而是保姆，他们本来没打算让她住家里的。汤亥生在青年教工楼借好了半间房，是姚老太太帮他借的，她隔壁老俞家的保姆一个人住，十四平方米的单间宿舍呢，太奢侈了，姚老太太和俞师母的关系很好，一说，人家就答应了。

结果，白借了。

米红会做饭！

是第三天才动手的。第一天她睡了整整一天，第二天看了一天的电视，直到第三天，她才系了围裙，板着脸进了厨房。

韭菜炒腌熏笋丝，粉蒸肉，西红柿鸡蛋汤，几个菜一上桌，米青和汤亥生几乎惊艳了。

本来以为是个不通文墨的学生，结果考试时却交出了一篇锦绣文章，米青瞠目结舌。如果不是就在自己的眼皮底下，她真要怀疑这个学生作弊了。

米红却轻描淡写。没吃过猪肉还没看过猪跑吗？做饭又不是读书，又不是绣花，有什么难的？

术业有专攻。看来韩昌黎没有瞎说，米红至少在做饭方面，有些天赋。

米青窃喜。汤亥生却喜形于色。民以食为天，这下子好了，他们家天的问题算是解决了。米汤生的进化从此不必担心，而他也不用上“凤祥春”就能吃红烧肉了。

汤亥生对大姨子的印象，立刻大大改观。之前他对她是有误解的，这怪米青，在米青的描述里，米红基本是个好吃懒做的绣花枕头，外面花花朵朵姹紫嫣红，里面败草烂絮黑咕隆咚。

看来不是这样，人家里面也有花朵！

评论一般都是靠不住的，因为带了评论者的偏见，要想了解文本真正的内涵，还是要读原著。

汤亥生这么对米青说。米青哂然，男人还真是胃觉动物，不过一顿饭，就把汤亥生收买了。

之后家务汤亥生和米红分工合作。米红负责做饭，汤亥生负责洗碗；米红负责晾衣服，汤亥生负责拖地。买菜呢，一般是米红的事，但如果汤亥生那天没有课，他就主动请缨了。

米青拿汤亥生开玩笑，说，你耕田来我织布，你挑水来我浇园。这画面，有点儿像唱《天仙配》呢！

那是。你眼红的话，挑水这活让给你？

哪能呢。君子不夺人所爱。

米汤生现在五个月了，米青已变得十分慵懒，连课都经常让汤亥生代，更妄论挑水了。

朱凤珍打了好几个电话过来，欲言又止的，问米红的情况。米青知道她的意思，无非怕米青真把姐姐当保姆用，那么娇生惯养金枝玉叶般的女儿呢，寄人篱下到妹妹家。朱凤珍心痛呢！

也不知道之前朱凤珍是怎么做思想工作的，米红竟然肯到她这儿来。

如果是过来嫁人，米青是没办法的。她又不是姚老太太，怎么会干保媒拉纤的活？

再说，她在大学工作，认识的人都是教授博士之流，米红一个野鸡中学毕业的高中生，一个无业游民，和他们不是风马牛不相及么？

她私下里这么对汤亥生说。

汤亥生却不以为然。胡适学问大不大，美国的留学生呢，北大的校长呢，还不是娶了没文化的江冬秀，两人也白头偕老了。

那怎么一样呢？那是旧社会。旧社会女子无才便是德。

新社会不也有胡朝安么？

胡朝安是哲学系教授，在学校是大名人，之所以出名，不是因为哲学，而是因为他女儿的一张大字报。胡朝安老婆死后不到一个月，就续弦了，而且续的弦，还是家里原来的保姆。他女儿愤极之下，在人文学院门口贴了大字报，大字报的题目是：试问胡朝安教授的道德情操。文字毒辣，情绪激昂，几乎可以和骆宾王的《讨武檄文》相媲美。学校哗然，师生们争相传诵这篇大字报。胡朝安迅速大红大紫，选修他课的学生一时人满为患。这让哲学系其他老师颇为眼红，如今哲学课在学校是很受冷落的，许多选修课都因为选修学生的人数不够而开不出来，没想到胡朝安因祸得福。哲学系老师眼红之余，也恨不得有人给自己贴张大字报，好曲线救国，不，曲线救哲学。

米青有点不高兴了。他们在这儿讨论米红呢，他拿臭名昭著的胡朝安做例子，什么意思？

没什么意思。不过是说，在婚姻这事上，男人的逻辑和女人不一样。

你是说，米红也能嫁个教授？

不是没有这个可能。

那好，你有本事帮米红找个教授嫁，朱凤珍说不定会给你磕头的。

汤亥生不说话了。

如果天气好，米青也愿意和米红出去走走。

医生说了，多运动运动，对生产有好处。

而且，朱凤珍也说了，小心翼翼地，期期艾艾地，要她多陪陪米红，毕竟米红在省城，人生地不熟。

米青不喜欢朱凤珍的语气，托孤般的不舍。

至于么？

不过，考虑到米红现在的心情，米青多少还是有些不忍。

学校西南角有个李白湖，米青喜欢到那儿坐。

李白湖和李白没有关系，是桃红李白的意思。湖边有十几株李树，春天一到，千朵万朵李花一开，那种素色的绚烂，是米青耽美的另一种绮艳。米青以前读《红楼梦》，金陵十二钗中，最不喜欢的是薛宝钗，因为她身上的方巾气，更因为她亵渎了爱情——明知道宝玉爱的是林黛玉，还盖了红头巾嫁宝玉，太死乞白赖了！但后来米青修正了她对薛宝钗的看法，就因为薛宝钗的一句诗：淡极始知花更艳。看李白湖边一树树盛开的李花，米青十分赞同薛宝钗素以为绚兮的审美观。不管如何，至少在花的审美上，米青和薛宝钗志同道合了。

不过，现在不是花季，李树上没有一朵花，也没有一个李子，米青坐在湖边，缥缈了眼，是缅怀的姿态。

姐妹俩几乎没有话。说什么呢？

米青本来想问问米红这几年的生活，尤其是感情生活，和俞木离婚后，也有七八年了，怎么没有再婚呢？难道这么多年就一直和那个有妇之夫黄佩锦纠缠一起？

可米青开不了口。她们打小就不是亲密的关系，怎么问这么闺房性质的问题？

除了说说朱凤珍的身体，说说苏家弄的人事变迁，别的，实在没有什么好说了。

而且，米红也不是多话的人，尤其对了米青，愈加不爱说话。

姐妹俩在这一点上都随了老米，遇上投机的，能滔滔不绝；不投机的，则一言不发。

后来米青再约米红出门，米红就不愿意了。

两个女人坐在湖边发呆，没意思。如果是苏丽丽，她们可以说西班牙，可以说陈吉安，可以说职高的老师尤小美（尤小美后来还是嫁了一个老头，这女人简直有恋老癖，当年做学生时，就和一个外教老头胡搞）；如果是杂货店老板娘，她们可以说麻将，可以说胭脂，也可以说黄佩锦。

可和米青，她什么也说不了。

她有点想念苏丽丽和杂货店的老板娘了。

虽然她现在和杂货店老板娘的关系不好了。因为黄佩锦，也因为麻将桌上其他男人的表现。以前麻将桌上的风头都是老板娘的，老板娘的一个兰花指，一个眼神，男人们立刻就魂不守舍了，所以，即使有男人在她眼皮底下对米红献殷勤，老板娘也从不拈酸吃醋，很大度地视而不见，或者是皇恩浩荡大赦天下般地雍容一笑，后来就不行了，米红青出于蓝，渐渐有长江后浪推前浪的意思，老板娘就再也没办法雍容了，开始是阴阳怪气，后来是指桑骂槐，再后来干脆就不欢迎米红到杂货店了。每次米红过去，她的态度都十分冷淡，一副爱理不理的样子。她又找了个麻将搭子，一个叫小雪的女人。小雪以前在南方打工，回辛夷后开了家美甲店。美甲店生意萧条，但她不在乎，经常关了店门过来打麻将。她长得其实不好看，凹眼，高颧骨，深色肌肤，是闽粤土著人的样子，却妖艳，挑染了紫红头发，涂了黑乎乎的睫毛膏，看上去风尘得很。

老板娘现在和她打得火热，那些男人，一个个也很喜欢风尘的样子。

甚至黄佩锦，和小雪也暗暗眉来眼去。

老板娘幸灾乐祸，她找小雪，原就是要以毒攻毒。果然，这一招见效了。

麻将桌上的情意，到底薄。

这是为什么米红会到省城的原因。米红对辛夷，心灰意冷了。她的社交圈，从来狭窄得很。离婚前只有苏丽丽，离婚后只有老板娘。老板娘一撒手，米红就成了风中之转蓬，迷茫得很。

所以她到米青这儿，也是负气，也是无奈。

好在有汤亥生，不然，米青和米红不知道怎么在一个屋檐下待下去。

米红不是来侍候我的，而是来侍候你的。米青有一次在饭后忍不住揶揄汤亥生。

汤亥生更喜欢吃肉，怀孕期间米青更喜欢吃鱼。这区别，米青一开始说清楚了的。或许不说还好，一说，饭桌上，十有八九的时候，都是肉了，粉蒸肉。

问米红。米红皱皱眉，说，鱼太腥，每回做鱼之后，手都要腥许多天。

而粉蒸肉，是米家私房菜，好吃，做起来还简单，用几匙自家制的小麦酱（每年八月，三伏天，朱凤珍都会晒上一大坛。米红这一次过来，带了好几小罐呢）和剁椒——新鲜的红尖椒，腌上半小时，再拌上米粉和谷酒，放在电饭煲的蒸笼上就可以了——米老太太当年是用篾笼隔水蒸的，米粉下还垫了青竹叶，那蒸出来的效果，依老米的说法，几乎是一首《诗经》里的诗，俗中见雅，雅中见俗。

不过，米老太太一死，米家的粉蒸肉就被改良了，篾笼没有了，青竹叶也没有了。——这不怪朱凤珍的，朱凤珍店里忙，而且，青竹叶如今也不好摘了。

米红做的就是朱凤珍的改良版。即使是改良版，汤亥生也吃成桃李春风一杯酒的沉醉样子。

这样子米青不爱看，为了打击汤亥生，米青说起米老太太的粉蒸肉，用反衬的方式，说米老太太的粉蒸肉，是嫡出，贾宝玉般的精致；而米红的粉蒸肉，是庶出，贾环般的粗俗，上不了台面。

米青这话说了没过几天，米红做的粉蒸肉，下面也垫了青竹叶，不单下面垫了青竹叶，上面还撒了切得细细碎碎的芫荽。

所有的香料里，汤亥生最偏爱芫荽。

米红说，快过端午了，菜市场上，有乡下人担了竹叶来卖。

芫荽也不贵，五块钱一斤，比辛夷卖得还便宜呢。

米青不接腔，只微微笑了看汤亥生。

汤亥生不看她，只低头吃饭，依然是桃李春风一杯酒的样子，不，这一回，是桃李春风两杯酒了。

回到房间里，米青这么说。

怎么才两杯酒？我以为是千杯呢，汤亥生嬉皮笑脸，伸手去抱米青。米青不让，汤亥生说，你自作多情干什么？我这不是抱你，我是抱米汤生。

米青扑哧乐了。

米汤生六个月的时候，何必然成了米青家的座上客

何必然和汤亥生在一个教研室。有一天，他过来给汤亥生送会议通知时看见了米红。

你家保姆？

不是。

那是？

大姨子。

真有福气。不过，是嫡亲的大姨子么？

是。

不像，不像，我还以为是小姨子呢。

这话是在门口说的，米青没听见。

过两天，何必然又来了，这次是过来和汤亥生谈论文。何必然在学校，是有两重身份的人，一重是古典文学教研室主任，另一重是学报副主编，汤亥生有篇论文在他手上，他过来谈审稿意见。

以前，如果是关于论文的事，他都是打电话让汤亥生去学报的。何必然在学报，有间很大的办公室，二十六平方，比中文系主任陈季子的办公室大了一倍。当年他竞聘系主任，败给陈季子了，之后才到的学报。学报在那个时候，差不多算贬谪之地，偏僻冷落一如苏东坡的黄州。不过，三十年河东三十年河西，这几年气象不一样了，因为学报上了国家核心期刊，老师们为评职称，一个个趋之若鹜，黄州于是成汴京般繁华了。何必然最喜欢把中文系的老师，叫到他繁华之地谈论文。他让杂工倒上茶，龙井，毛尖，或者普洱，什么都有，随便点。何必然喜欢茶，学校的人都知道。他办公室并排放有两个大书柜，一个书柜里都是学报，各个大学的学报；一个书柜放茶叶，各种各样的茶叶。都是别人送的。何必然不避嫌。送茶叶不算行贿，收茶叶也不算受贿。和送书收书差不多的性质。不但不污秽，还风雅得很。为了强调这种风雅，何必然有时会给别人讲一讲李清照和赵明诚赌书泼茶的故事，有时呢，会讲栊翠庵妙玉的茶论，一杯为品，二杯为解渴的蠢物，三杯即饮牛饮骡了。何必然坐在办公桌后的皮椅上，一边高谈阔论，一边逍遥自得转皮椅，皮椅转动的幅度一般是左右 90°，不过，有时转起兴了，也会转成 180°。

可这一次，何必然没有打电话让汤亥生去听他讲李清照或妙玉，何必然降贵纡尊亲自上门了。

因为汤亥生的这篇论文，实在好。中国古代笔记小说中的饮食文化研究。这角度有新意。学报打算发头条，然后再重点推荐给相关选刊，如果《新华文摘》或人大复印资料一转载，汤亥生明年就能破格评教授了。

何必然这么一说，汤亥生微微有些激动了。汤亥生在中文系，也算名士派，别的博士都要“学而优则仕”，汤亥生对仕从来没有兴趣，但对评教授，还是很有兴趣的。

两人相谈甚欢，一欢，时间就到中午了。

到中午何必然也不告辞，仍然很热烈地和汤亥生谈论文。他认为汤亥生关于中国饮食文化的研究工作可以充分展开，展开成一个系列：中国古代诗词中的饮食文化研究，宋话本中的饮食文化研究，清代小说中的饮食文化研究。这么一系列论文发表出来，汤亥生在学术界的影响就大了，就成角儿了。成了学术角儿就好办，可以出国开国际学术会议，可以拿各种项目，省里的，部里的，国家的，如今教育有钱，经费充裕，少则几万，多则几十万。书中自有千钟粟，书中车马多如簇，古人所言不虚的。学问做好了，食有鱼，出有车。鱼是甲鱼，车是宝马。

宝马汤亥生没想过，他一般走路上课，有时教室远了，就骑自行车。骑自行车很好，可以锻炼腹肌。他这个年龄的男人，很容易变得丰腴。几年衣食无忧的婚姻生活，加上基本不消耗体力的书斋劳动方式，把男老师们，一个个都养成了杨贵妃的样子——还是怀了孕的杨贵妃，以前米青这么打趣，把汤亥生乐开了花。汤亥生因为一直坚持骑自行车，身材苗条得很。

至于甲鱼，汤亥生也不想吃，在他们老家，甲鱼叫脚鱼，渔夫渔妇们沿街叫卖的东西，没有什么了不得。

当然，何必然这么帮汤亥生憧憬，汤亥生一方面不以为然，另一方面，也有栩栩然的耽溺。

米青只好留饭，十二点都过了，米青早就饥肠辘辘。

何必然虚让了一回——真是虚让，因为话没说完，人就坐到了饭桌上。

那天米红又做了粉蒸肉，端上来，红是红，绿是绿，美人般香艳。何必然迫不及待地搛一筷子，刚入口，立刻眯了眼，微微且缓慢摇头，做沉醉状。这沉醉状做了相当长的时间，差不多等于一个长镜头，一分钟，至少半分钟——这是何必然表示高度赞美的方式。每次他上课，一讲到苏东坡的《念奴娇》，大江东去，浪淘尽，千古风流人物；或辛弃疾的《破阵子》，醉里挑灯看剑，梦回吹角连营，他的表情就会是这个样子，从来不变，学生们把这个叫作何氏表情，有刻薄的女生，把这个叫何氏水袖——她们认为何必然老师在做戏了。因为又不是第一次读到苏辛，而是读了几十年，文章如女人，当初再美再好，到后来，也读成了糟糠之妻，怎么还会有这种“天上掉下个林妹妹”般的惊艳？做作！

不管如何，何必然的这个沉醉状，把米红做的粉蒸肉，和苏东坡的《念奴娇》辛弃疾的《破阵子》，提到了一个审美高度，这很给面子了。

之后的话题，就不再是汤亥生的论文了，而是米红的厨艺，以及米红。

对于何必然的这种奉承，以及顾盼，米红基本没有什么反应，态度矜持得很。

何必然不以为忤，非但不以为忤，且十分欣赏。落花无言，人淡如菊。出门时，他这么评价米红。

何必然现在时不时过来，过来了，就不把自己当外人，如果米青不开口留饭，他就自己给自己留了。

倒也不白吃，他会投桃报李地送一些东西。新上市的螃蟹，野生的猕猴桃，新疆和田枣，泰和乌鸡什么的。

这些东西女人吃了好，补血，养颜，何必然说，看一眼米红。

米红坐在沙发上，一边看电视，一边剥毛豆。十分端庄。

这算什么？米青不高兴，说，何老师，您太客气了，这些东西您自己留着慢慢吃。

我一个人，慢慢吃？不吃坏了？

再说，独乐乐不如众乐乐嘛！

这说法米青觉得好笑。要众乐乐，他也不必总到我家呀？他不会到他女儿家去和女儿女婿外孙女众乐乐？不会和学报编辑部的同事众乐乐？实在不行，和古典文学教研室的老师们也行哪，单单跑到我们家来众乐乐，毛病！

何必然一走，米青对汤亥生发牢骚。

汤亥生也不高兴。

一个知识分子，怎么和三姑六婆一样，到别人家串门子。就算他闲着没事，别人也没事吗？他到别人那儿坐上两小时，别人就要陪坐两小时，他到别人那儿吹上两小时牛，别人的耳朵就不得清静两小时。两小时呢，能看多少页书？能写多少行字？即使不看书不写字，他也能陪陪米青和米汤生，或者上网和庄蝶下上一盘围棋。庄蝶是汤亥生的棋友，围棋下得一般，和汤亥生差不多，业余二段而已，却是个庄子迷，自言能把《逍遥游》和《齐物论》倒背如流。汤亥生对此表示怀疑，他也算是个庄子的铁杆粉丝了，最多不过能顺背几段，那还是年轻的时候。现在能做到的，不过是熟读的程度。庄蝶能倒背？他的这种怀疑，让庄蝶觉得很受辱，意气之下，差点坐了飞机过来让汤亥生当面考他——自然没有，庄蝶是台北人，坐飞机过来一趟可不容易，只好在网上考了，于是汤亥生经常偷袭他，总是在下棋下到十分紧要的关头，突然让他背上一段《齐物论》。——结果，《齐物论》是背出来了，棋却输了！

汤亥生偷着乐半天。

如果是这种交往，汤亥生乐意，不认为是蹉跎生命，可与何必然，汤亥生不乐意蹉跎了。

关于论文什么的话题，早说完了，后面何必然反复再说的，是他的仕途，以及他在仕途上的春风得意。

何必然这么炫耀的用心，汤亥生自然知道。这个老男人，打第一次见到米红之后，就开始到他家来孔雀开屏了，且一次比一次活泼，一次比一次鲜艳。学院男人，穿着一般都朴素，有些朴素过了头，就成了土木形骸。土木形骸也没关系，反正鸟美在羽毛，人美在学问。这是学院男人通行的审美观。至少是学院男人对学院男人的审美观（他们一般持双重审美观，一重对男老师，另一重对女老师和鸟）。可何必然不一样，应该说，何必然自从他老婆死后不一样了，开始持鸟的审美观了。每次外出开会，或者上课，或者任何有年轻女人在的场合，他都把自己打扮成一只孔雀，一只看上去很有活力的雄孔雀。西装，革履，米色风衣，或者葱绿色粉红色 T 恤，浅蓝色打磨牛仔裤，Adidas 旅游鞋，大背头，头发原来是灰白色的，现在染黑了，一丝不乱地梳到脑后，还喷香水，香奈儿，他到巴黎开会时带回来的，学生们因此在背后叫他“暗香浮动”，有更刻薄的男生，直接叫“袭人”了，他知道了，很恼火，叫“暗香浮动”已是不敬了，还叫“袭人”！袭人是谁？大观园里的一个奴才，还是女奴才！他羞得有一段时间不搽香水了，但最近到汤亥生家，又搽上了。米青甚至怀疑他在脸上搽了粉，因为他眼角边上的一块五角硬币大小的褐色斑不见了。米青有一次恶作剧，故意让米红给他盛了碗热红豆汤——这是在学曹丕了，曹丕怀疑何晏敷了粉，就给他热汤吃，热汤一吃完，自然大汗淋漓，如果敷了粉，就要出丑了。可何必然狡猾得很，嫌红豆汤太热，刚喝了一口，就放下了，说等凉了再吃。——《世说新语》何必然想必也读过，所以，米青的花招，他肯定识破了，要是他真搽了粉的话。

汤亥生觉得何必然有些为老不尊。快六十的男人了，还打扮得如此艳丽，还觊觎米红，成什么样子！成什么样子！！

米青本来也认为何必然不成样子，可一听汤亥生说话的语气，一看汤亥生脸上的表情，她突然来气了。

他打扮得艳丽碍你什么事了？

不碍。

他为什么不能觊觎米红？

汤亥生有些懵，什么意思？难道你同意何必然做你姐夫？

我无所谓，这是米红的事。

也是，这是米红的事。汤亥生听懂米青的意思了。

米青把何必然的事情，告诉了朱凤珍和老米。

米红在她这儿呢，万一有点什么事，她可不想担责任。

年龄，职称，曾经的婚姻及婚姻衍生物，物质生活状况，性格，人品，种种，米青都如写论文般，十分严谨地做了报告。

朱凤珍听了，惊乍成了一只老喜鹊。还是省城好哇，机会多，才去了两三个月，就有教授追，早知道这样，米红一离婚，就应该去那儿的，如果那样，说不定早嫁人！早生子了！白白耽误了这些年青春！

大学教授，好家伙，那是什么身份？搁1911年前，就是举子了，可以做县太爷的。苏家弄的女婿，有几个是有文化的？文化最高的，以前算弄堂里的苏有德家女婿了。据苏有德的老婆讲，她女婿是大专生，在上海读的书，会讲外国话呢。一次有几个外国人，到王绣纹家的铺子里买瓷器，人家不会说中国话，王绣纹铺里又没人会说外国话，买卖差点没做成，王绣纹一张白脸，急成了猴子屁股，好在她女婿路过，帮他们做翻译，一单几千块的生意才算没泡汤。可王绣纹这个女人，太不懂事，事后连顿饭也没请，连顿茶也没请。苏有德老婆愤愤不平，逢人就说这单事，一边炫耀她女婿的本事，一边鄙视王绣纹的小气。但王绣纹的说法不一样，做外国人的生意，她家也不是头一回，不会说外国话有什么关系，用手指头比一比，人家就懂了，那些外国人，聪明着呢。是苏有德女婿多事，跑过来叽哩哇啦乱说一气，看那样子，人家也是云里雾里半懂不懂的。最讨厌的，是他还自作主张降了价，一件青花枕，本来要一千二的，他说一千；一个镂花玲珑灯罩，本来要八百的，他说六百。王绣纹后来埋怨他，他说他是按辛夷的行市来说的。什么行市？那个外国女人看见灯罩时眼睛都发光了，嘴里发出鸟一样的啾啾声，所以她才要八百的，吃准了她会买。可苏有德女婿这个二百五，没眼色，乱说话，害她少赚了好几百，没找他赔就罢了，凭什么要请他吃饭？

朱凤珍听了，冷笑，没见过世面的东西，一个大专生，也好意思到她这儿来说？她家是什么人家，书香门第！什么文化人没有？研究生，博士，教授，全有，会讲一门外国话算什么？她家米青，会两门外国话呢。会讲英国话，也会讲美国话。她和老米去北京时，在王府井大街，亲眼看到米青和一个黄头发蓝眼睛的外国人说了半天话。更别说汤亥生，听老米说，比米青的学问更大，是副教授。而这个何必然，竟然是教授。教授自然比副教授厉害。如果米红嫁了他，米家就有两个教授女婿了。乖乖隆里咚！辛夷所有的文化人，全捆在一起，怕也没有苏家弄的米家厉害，米家的文化人，质量高哇。到时候，说不定米老太爷会高兴得从棺材里爬出来！

而且，教授的工资那么高，四千多呢。米青说，估计还有灰色收入，学报那地方，肥着呢。

什么是灰色收入？朱凤珍听不懂，但米青的意思，她大概懂了，也就是说，教授的工资，可能比四千还多。

乖乖隆里咚！

不过，教授有点老了，五十六岁，比她小一岁，比老米小两岁。这么老的女婿，走到苏家弄来，有些太，太不成体统了。

如果教授小上个二十岁，哪怕十来岁，就好了。

米青嗤之以鼻，你倒是想得美！

也是，人家小了那么多，还找米红？

这事老米反对。虽然作为一个中学老师，他对教授，对老教授，是很尊敬且仰慕的。可老教授做女婿，是另一回事。他们之间到时怎么称谓呢？叫老何老米？不行，不合伦理！以翁婿相称？又怎么好意思，明明是两个老男人，就算他称得出口，老米还没脸答应呢！再说，还是花枝般的女儿，就嫁一个鸡皮鹤发的老男人，感情上，他也不愿意！

什么花枝般的女儿？都三十五了，朱凤珍着急了。

人家也没有鸡皮，只是鹤发了。米青说。

那怎么办？

不知道。

这事还得看米红的意思。

但米红的意思，米青有些看不懂。

她有时对何必然是爱理不理的，有时呢，又极好。何必然来了，米青还没说话，她一边就倒上茶了，或者削苹果，或者用碟子盛了葵花子过来——米红自己喜欢嗑瓜子，且嗑瓜子的技术很好，不，不是技术，而是艺术，何必然说，是具有古典意味的艺术，那涂了蔻丹的兰花指，轻捻瓜子的样子，有点儿像昆曲里的贵妃醉酒。嗑瓜子能像贵妃醉酒？米青哑然失笑，男人真是什么都敢说，难道杨贵妃沦落到秦淮河了？不然，怎么可能这个样子？她问汤亥生，反问，不需要汤亥生回答的，可汤亥生回答了，汤亥生说，谁知道呢，如果杨玉环嗑瓜子的话，说不定就是这个样子。

这是在和米青反弹琵琶了，米青知道。

米青不想生气，米汤生八个月了，生气对他可不好。

北京路上的工艺展览中心有杭州丝绸展销，米红知道了，想去，有点远，坐公车，要倒一趟，先坐 12 路，3 站路，到新东方下车，再转 8 路，又坐 4 站路，到巴黎银座下车，再往前走 100 米。

米红一听，有点怵。她这个人，方向感很差的，一出门，经常东西南北不辨。还是辛夷好，坐上小黄鱼，到哪儿都可以。

省城没有小黄鱼，但省城有小车。何必然打的陪米红去逛。何必然说，他正好也想买点丝绸呢，到展览中心，二十分钟就到了。

米红回来时，心情很好，买了好几条丝巾，还有一件日本和服式样的绸缎睡衣，宝蓝色，上面有大朵大朵粉红色的牡丹花，看上去真有花开富贵的意思。

多少钱？米青问。

米红不说话，看一眼何必然。

何必然笑笑。

什么意思？难道是何必然买的？米青迷惑。

下一回，人民公园有菊展，何必然兴冲冲来约米红去赏花，米红又不去了。

再下一回，何必然请米红去吃阿一鲍鱼。这太隆重了，米青觉得，可米红不觉得隆重，举重若轻地去了。

或许米红打定主意了，米青想。

何必然一定也这么想了，吃鲍鱼之后的第三天，他过来请米红看话剧。《恋爱的犀牛》。何必然穿着大红毛衣，戴一顶黑灰色的贝雷帽，贝雷帽上有个蒂，犀牛角般地往上伸展着。

真像一只恋爱的犀牛。汤亥生嘀咕。

米青一掌掴在汤亥生宽阔的后脑门上，这家伙疯了吗？万一何必然听见了他这嘀咕，不是太尴尬了？

但米青自己也想笑。不是笑何必然的贝雷帽，而是笑他请米红看话剧。说老实话，请米红看话剧，还不如请苏不渔家的苏苏看呢。苏苏虽然是只狗，但听苏不渔讲，聪明着呢，能看懂美国动画《花木兰》呢，每次看到花木兰恋爱画面时，都会做娇羞状。米青打赌，如果何必然带苏苏去，肯定比米红更能理解《恋爱的犀牛》。

真是白糟蹋钱。一张票听说要二百多呢。

米红不去。

为什么？

米红又落花无言，人淡如菊。

这个女人怎么回事？前几天吃鲍鱼时还笑靥如花，怎么一转眼，又这个样子？

何必然一向自诩男女经验非常丰富，可现在，他也茫然不知所措了。

米汤生出生前几天，米青和汤亥生闹了一次别扭。

因为米红。

那天汤亥生下课回来，身上有粉笔灰，米红上前接了汤亥生的讲义包，然后在汤亥生的胸前拍了几拍。当时米青在房间里睡觉，房门是半开的，米红或许以为米青睡着了，但米青没睡着，很清楚地看见了这幕。

要说，拍一拍粉笔灰也不算什么事，关键是气氛不对，两人都一言不发，合谋般一言不发。米红的动作十分轻柔，轻柔里还有一种旖旎的意味。而汤亥生就站在那儿，很配合地站在那儿，由了米红在他身上旖旎。

米红在汤亥生面前，一向有点儿烟视媚行，米青早就看出来了，看出来了也没在意，因为米青认为，这是米红单方面的动作，是自渎的意思，汤亥生是没有反应的，或者说，汤亥生压根是没有看见的。这是汤亥生的另一个好处，非礼勿视。因为这个，朱蕉还开过玩笑，说她找了个百毒不侵的书呆子。可不，如果漂亮的女人是毒的话，朱蕉肯定属于砒霜或者孔雀胆级别的剧毒，汤亥生在这样的剧毒面前，倘能全身而退，米青这辈子基本可以无虞了。只是，嫁这种不解风情的书呆子，你们闺房之乐能尽性么？朱蕉懊恼之余，故意损米青。米青气坏了，什么女人？别人夫妻的闺房之乐，关你什么事？怎么不关？难道你没读过范仲淹的《岳阳楼记》？先天下之忧而忧，后天下之乐而乐！米青这下子真哭笑不得了，跳起来，要去撕朱蕉的嘴。

所以，对米红的这种自渎式的表现，米青一直冷眼旁观，有时甚至还带一点恶意的怂恿。汤亥生在厨房杀鱼，非洲鲫，有两斤多，生猛得很，挨了一刀竟然还活蹦乱跳，血水溅得汤亥生一身，汤亥生这才想起要系围裙，让米青给他系，他手忙脚乱地正按着鱼呢。可米青不给他系，让米红系，她两手撑着腰在边上看热闹。之后还拿这个打趣汤亥生。

米青在读大学时写过一首诗，叫《厨房》，诗的最后一段是：

窗外，
暮色四合
厨房的灯火，如花朵般，绽放
我的爱人，我沉默寡言的爱人
在背后，为我温柔地系上围裙

米青以前也为汤亥生背过这首诗，是他们有一次在厨房缠绵的时候，但现在，米青故意一字一字地背，很显然，有些不怀好意了。

汤亥生的表情十分严肃，他不喜欢米青这个样子。

怎么说，米红也是她姐姐，她不应该这么轻佻的。

到底是谁轻佻？米青恼了。米红什么人，汤亥生不知道，米青还不知道么？打小就喜欢在男人面前卖弄风情。她的卖弄，还带有端正的表象，这是朱凤珍教育的结果。朱凤珍说，他们家是书香门第，书香门第的女儿，要自重，不能学苏家弄里的那些妹头样，骨头轻。一有男人在，话也不好好说，路也不好好走，全轻飘飘成风里鸡毛了。米红这方面很聪明，一下子就琢磨出一套书香门第家女儿卖弄风情的方法：外刚内柔，外重内轻。别的妹头叽叽喳喳时，她不言不语；别的妹头搔首弄姿时，她姣花照水。她这反弹琵琶的路数，最初不过是为了避朱凤珍的眼，避苏家弄那些妇人的眼，可避着避着，就成风格了。男人乍一看，米红真是不可接近的端庄娴静，可其实呢，米青知道，那端庄犹如鸡蛋，脆弱得很，只要男人用手指轻轻一弹，就破了——和苏家弄那些风里鸡毛也差不多。

但这话米青不能对汤亥生说，太刻薄了，有伤她的原则。米青的原则，是不在男人面前说其他女人的坏话——她之前在汤亥生面前，也说过米红的，关于她的懒，她的馋，她的游手好闲不学无术，但那是妹妹说姐姐，有恨其不争的善意作底子，怎么说，都不要紧。而且，米青也避重就轻了，她从来没说过陈吉安、孙魏、或者黄佩锦，那些真让米红致命的话，米青一句也没说过，不是因为家丑不外扬，而是因为修养和骄傲。如果说起那些男人，米青觉得，自己就有恶意了，不是妹妹对姐姐的恶意，而是一个女人对另一个女人的恶意。这种微妙又本质的差别，米青很清楚，正因为清楚，所以她不说。她不喜欢米红，这没关系，薛宝钗也不喜欢林黛玉——喜欢才怪呢！但薛宝钗从来不在宝玉面前说林黛玉的坏话，不单是怕宝玉不高兴，也是薛宝钗骄傲。女人一旦开口恶意中伤别的女人，就说明她嫉妒了！她自卑了！薛宝钗是不屑嫉妒林黛玉的，米青也不屑嫉妒米红。

所以，米青不在汤亥生面前说出那种刻薄话。

事实上，米青什么也不说了。

她用相敬如宾表达她的懊恼。米青平日对汤亥生，也是简慢的，很狎昵的简慢，尤其怀了孕之后，几乎有颐指气使的倾向，但一生气，态度反变得十分客气了——这一点，米青和米红倒是异曲同工了，米红用端庄表达轻浮，而米青，用不同寻常的客气，表达她对汤亥生的不满。

对米红，米青倒还是一如既往。她几乎抱着看戏般的心情，看米红在那儿做张做致。这会是一折什么戏呢？《凤求凰》？不对，应该是《凰求凤》，也不对，用凤凰来比喻，实在太美化了他们。那是什么呢？她甚至想请教汤亥生了，汤亥生的书读得比她多，当初他们一起偷看人家的院子，汤亥生说，他们是看《东京梦华录》和《清明上河图》。那现在呢，是看什么？如果汤亥生明白了米红蚕食他野心的话，会不会说在看《战国策》？或者，在看《三国志》？米青原来以为米红在她这儿是待不长的，米红的德行，米青知道。那样娇生惯养的小姐脾气，一向是别人侍候的，现在让她反过来侍候人，尤其侍候米青，她能心甘情愿？不出三五天，最长半个月吧，一定就撂挑子了！米青有把握，正因为有把握，当初才没有斩钉截铁地拒绝朱凤珍。她等着米红自己走呢。到时朱凤珍怨不着她。米青在朱凤珍的眼里，虽然是个书呆子，可书呆子也有书呆子的诡谲，或者说智慧。但半个月过去了，米红没撂挑子，半年过去了，米红也没撂挑子。米青的智慧不管用了！这有些蹊跷了。这蹊跷米青觉得和汤亥生有关。汤亥生的温文尔雅，肯定让米红产生错觉了，恍惚间，把米青的家，当成了她的家，把妹夫汤亥生，当成自己的老公了。所以，她成刘禅了，此间乐，不思蜀！

如果米红一直这么乐不思蜀，怎么办？

可米青杞人忧天了。

米汤生出生后第五天，米青还在医院呢，米红就回辛夷了。

这实在突兀，太突兀了，至少应该等到米青出月子。这么仓促地不告而别，为什么？

问汤亥生。汤亥生的脸黑黑地，不吱声。

不黑才怪，米红中途这么一撒手，把汤亥生害苦了。汤亥生手忙脚乱，医院家里菜市场马不停蹄地跑，还要上课，亏得有姚老太太。姚老太太发扬人道精神，在小保姆——也就是汤亥生表姨婆的孙女小灯来之前，一直帮忙照顾米青和米汤生。

本来汤亥生要自己的母亲过来，但母亲走不开，她要在家照顾汤辰生的两个小子呢，而米汤生是丫头，孰轻孰重，老太太拎得清。不过，她让小灯捎来了黑芝麻、红榨糖、老母鸡、旧棉布尿垫子，还有一大包干艾叶，给米青净身驱邪。在汤亥生的老家，妇人生产后，都要用干艾叶烧开水熏一熏腌臜身子，再在床头挂一束干艾叶，驱赶那些来投胎转世却没赶上趟的小鬼，小鬼们心有不甘，还等在房间里不走呢。小灯把婆婆的话一转述，米青乐得不行。这简直是聊斋嘛，假如婆婆有文化，也可以学蒲松龄呢，写一个投胎鬼故事。米青嬉皮笑脸地，调侃汤亥生，汤亥生不理她，用红毛绳把干艾叶绑了，挂到家门口。

小灯才十六岁，根本不会照顾产妇，烧鲫鱼豆腐汤，不刮鱼鳞，不刮鱼鳞也就罢了，还放上几个干红辣椒。小灯烧什么菜都要放干红辣椒，即使煮芝麻汤圆，都放干辣椒。米青受不了，让汤亥生在边上守着，也没用，汤亥生反应迟钝，还走神，而小灯手脚伶俐得很，总是汤亥生的话还没出口，她的辣椒就下锅了。

这种烹饪风格莫说产妇米青的肠胃受不了，就是汤亥生的肠胃，如今也受不了啦。

汤亥生只好把干辣椒收进橱子里。操作台上没有了辣椒，看小灯还怎么放？

没有了干辣椒，小灯不会做菜。汤亥生到姚老太太那儿，给小灯借了几本烹饪书，小灯虽然初中没毕业，但看懂图文并茂的烹饪书，还是没问题。

加上姚老太太的调教。姚老太太调教小灯的方式，很有点儿像孟教授带研究生，谆谆循循，耳提面命。小灯进步很快，不到半个月，就能做出基本合乎要求的饭菜了。姚老太太很有成就感，忍不住到老孟面前炫耀，说，朽木可雕了。孟教授嗤之以鼻，说，人家哪是朽木？分明是豆蔻枝头二月初。

米青现在是真心实意地喜欢上了孟教授和姚老太太。汤亥生说，你倒是雅俗共赏。可不？按汤亥生的比喻，孟教授是《世说新语》，而姚老太太，是话本，《拍案惊奇》之类，两者的气质，原风马牛不相及。怎么不及？米青说，我倒是觉得，他们是绝配。苏东坡不是说过，无竹人俗，无肉人瘦，不瘦不俗，竹笋烧肉。他们一起，就是一道竹笋烧肉。

好一道竹笋烧肉！汤亥生后来一看见孟教授和姚老太太，就忍俊不禁了！

关于米红突然回辛夷之事，米青后来还是问了汤亥生。

汤亥生皱着眉，很不耐烦地说，陈谷烂芝麻的事儿，还说什么。

可我偏喜欢陈谷烂芝麻。你说你说，米红那时到底为什么突然回辛夷？

人家想回就回了呗。

那么简单？

你喜欢复杂？

可我听苏丽丽说过，米红之所以回辛夷，是菩萨心肠呢，人家怕再待下去，会破坏我的婚姻——真是好笑得紧，我原以为我的婚姻固若金汤呢，却不想，金汤个屁，它不过是米红手里的一个青花碟子，只要她手一松，就碎了。

米红这么说？

是。

你信吗？

信。

那我没什么好说的。

那就不信。

不信还说什么？

你还是要说，至少说说米红走之前的那个晚上发生了什么？

能发生什么？

我不知道，你知道。

那好。我说。——你还记得米红脖子上的那块玛瑙吗？

记得，那是只朱红色敛翅蛾，是我家传家宝。本来祖母要给米白的，可朱凤珍偏心，把它给米红了。

那天米红洗澡时把玛瑙的绳子弄断了，一时没找到墨绿色丝绳配，就把它放枕头底下了。结果，米红那天晚上就出事了。

出事了？

米红打开门丢垃圾，看见一个红衣绿裙披头散发的女人从楼下往上走，楼道里灯光昏暗，米红看不清楚，以为是哪家的客人呢。还心想，天这么冷，这女人也不怕冻着，竟穿得这么少——还光着脚呢！米红正惊讶，女人一抬头，米红吓得魂飞魄散，女人的半边脸，乌青乌青的，而且，嘴角在流着血。

那不是六楼的虞美人吗？

六楼的虞美人几年前就死了。跳楼死的。老公有外遇，要离婚。虞美人想不开，跳楼了。师大也有人说，是虞美人的老公推下去的，趁虞美人在阳台晾衣服的时候。虞美人死那天，就穿着红衣绿裙——虞美人生前最爱穿大红大绿，有衣不惊人死不休的夸张。

这太吊诡了！米红以前是没见过虞美人的。

米青不信邪。汤亥生一般也不信。

可那个晚上不由汤亥生不信，她抱住他不放，他也只能由着她抱着——米红煞白的脸，制造出一种十分惊恐的气氛。

他不知道过了多久，应该有几分钟，或者更长，中间他试探过要放开米红的拥抱，但放不开，米红抱得很紧。

要不是后来米红有进一步的动作，他真信了米红。他是一个唯物主义者，但是一个不十分坚定的唯物主义者，白天一般能唯物，可一到夜晚，就唯心了，尤其在月黑风高一个人的夜晚。他是在乡下听祖母鬼怪故事长大的，再说，世界本来有它神秘的一面不是？所以有蒲松龄的《聊斋》、马尔克斯的《百年孤独》。

米红后来有什么动作？

他感觉，感觉她的脑袋在转动，微微地，一开始他没察觉到，他还沉浸在对虞美人惊恐不安的想象中呢，可她的头发擦着他的耳朵，一下一下的，他才突然反应过来。

耳鬓厮磨？

他也觉得有些不对劲，所以坚决地挣开了米红的拥抱。

之后呢？

之后，之后他就把他的研究生俞姿叫来了，他自己到医院去了。

哇！汤亥生，你原来是坐怀不乱的柳下惠呢！

汤亥生白米青一眼。这家伙，总没正经，没事拿老公开涮呢。

他们闲说这事的时候，米汤生已经三岁了，上幼儿园小班了。

小灯已变成毛豆了，从孟教授说的豆蔻枝头二月初，变成了一颗青翠欲滴浑圆饱满的毛豆。她父母本来打算让她回去相亲的，村子里的一个富户人家，看上了小灯。可小灯不想回，她爱上了省城的繁华，而且，米汤生也不让她走，她喜欢小灯孃孃呢。米汤生说，世界上她最最最喜欢的是小灯孃孃，第一喜欢，第二喜欢的是苏不渔家的苏苏，第三是陈季子家的薛宝钗，至于第四第五，不定，经常变化，有时第四是米青第五是汤亥生，有时第四是汤亥生第五是米青，视米青和汤亥生表现而定。小东西搞政治斗争很有一套，经常让米青和汤亥生为名次争风吃醋。米青为了巴结她，还屁颠屁颠上家具城买了张上下铺的床，米汤生睡下铺，小灯睡上铺。因为这表现，米青在第四的位置上保持了将近一个月，直到汤亥生后来带米汤生去海洋馆看了蝴蝶鱼和企鹅，才颠覆了这个名次。

何必然偶尔还是会到汤亥生家里来蹭饭，他现在又爱上了小灯做的剁椒鱼头。

米 白

朱凤珍第一次生出把米白嫁给三保的念头是因为苏粉莲。

苏粉莲上裁缝铺子里来，拿块石榴红底子绿牡丹花莨绸料子，要做《花样年华》里张曼玉穿的旗袍。《花样年华》是什么东西，朱凤珍不知道，更别说张曼玉了，所以没法做。但苏粉莲不是来找朱凤珍的，她找三保。三保给西门马小骊做的旗袍，就是张曼玉穿的那种，而且比张曼玉的还好看。张曼玉的旗袍太封建了——长度过了膝，而领子又太高，差不多抵到了下巴，那样子的旗袍也就是张曼玉能穿，人家个子高，又长了个鹅脖子，换个女人，还不把自己穿成一只缩头乌龟？

给女客量尺寸本来是米白的活，可苏粉莲要求三保亲自量。旗袍这种衣裳，宽不得半分窄不得半分，非要丝丝入扣，才显出好。而且，她的料子是上等莨绸呢，好几十块一米，万一做坏了，怎么办？

苏粉莲的意思，是嫌弃米白了。朱凤珍暗了脸。裁缝铺有裁缝铺的规矩，谁量衣，谁裁衣缝衣，都由师傅说了算。哪有客人自己开口挑三拣四的？这是不懂事了。搁以前，铺子里生意好的时候，这样不懂事的主顾朱凤珍是要推辞的。老娘不侍候了，爱找谁找谁去。每次人家一走出店，朱凤珍就会咬牙切齿地说。但朱凤珍好久没当老娘了。裁缝铺的生意一天不如一天，按米青的说法，是门前冷落车马稀了。有什么法子？只好猫呀狗呀的都侍候。六月给猪扇扇子，权且看在钱面上。每次客人一啰嗦之后朱凤珍都会这么说。咬牙切齿地。这一次，三保不知道师傅是要当老娘，还是要给猪扇扇子。看朱凤珍乌云密布的脸，三保有些吃不准。苏粉莲笑嘻嘻地看着他，他假装忙手上的活，等朱凤珍发话。旗袍的工钱，可不低。师傅该不会要小性子，又要当老娘吧？三保有些担心。他刚上手做旗袍，手正痒痒呢。可这事不由他。由朱凤珍。好在有米白。米白善解人意，把她圆乎乎的脸，嘟成猪八戒状，五根手指并拢了，拼命扇自己的脸，这是在暗示朱凤珍了，要她给猪扇扇子呢。朱凤珍扑哧乐了，说，三保，你在干什么呢？还不给人家量尺寸？

三保憋住笑。赶紧拿了皮尺，给苏粉莲量尺寸。

苏粉莲的身材真是穿旗袍的身材，凹是凹，凸是凸，一双胳膊雪白浑圆得像藕一样。

之后苏粉莲隔三岔五地来。她宣称，张曼玉在《花样年华》里穿过的二十三件旗袍，她件件要做，要做全了。反正她是布店的老板娘，有的是布。

朱凤珍怀疑她在打三保的主意。这个女人实在太风骚了。

三保给她量尺寸的时候，她眉不是眉，眼不是眼，看上去很不正经。

怎么个不正经？老米好奇地问。

朱凤珍恼了，怎么个不正经她哪说得清楚，如果能说清楚的话，她就不是朱凤珍而是苏粉莲了。

最可疑的，是她经常趁朱凤珍不在的时候来。朱凤珍下午生意冷清时会到隔壁摸两圈麻将，而米白，爱打盹，往缝纫机上一趴，和死人没什么两样。这时候，她浓妆艳抹一步三摇地来了。天知道，她会做出什么事？

可老米不信苏粉莲会染指三保。怎么说，人家也是三保的姨辈了，伦理纲常在那儿呢，能做什么？

这可说不准，苏粉莲这个女人，会讲伦理纲常？讲的话，就不会人尽可夫了——先后结了三次婚呢，最后那个老公，是外地人，江苏佬，比她小六岁呢，到辛夷开布店。她做店员，做了不到半年，就把自己做成了老板娘。当时那个老板才二十六，还是个青皮后生，她呢，都三十二了，是有夫之妇，不但是有夫之妇，还有个上了小学的女儿。这样的女人能讲伦理纲常？

事实胜于雄辩，老米不说话了。

只能警告三保要洁身自爱。三保打十二岁到裁缝铺里来学徒，如今都二十七了，也算半个米家人，万一被那个不要脸的女人糟蹋了，城门失火，殃及池鱼。米家的颜面不也难看？

三保的脸红成了鸡冠花。

苏粉莲过来，其实是为了俞小鱼——她和前夫生的女儿。俞小鱼二十岁了，要嫁人，苏粉莲想三保做她的郎婿。她看中了三保的手艺。三保给她做的那件石榴红底绿牡丹花的莨绸旗袍一上身，她店里的那料子就好卖了。之前那料子滞销了好久呢，都嫌土。红配绿，乡下人才穿呢，戏里的丫鬟才穿呢。可苏粉莲穿上那红配绿，一点儿不像丫鬟，倒是太太的荣华样子，把马小骊的风头都抢了。马小骊嫉妒了，说，什么太太？妖里妖气，姨太太吧！姨太太怎么啦，姨太太也是太太，辛夷的女人开明着呢，不计较这个身份，只要漂亮就好。大家于是都学苏粉莲的样子，扯块红底绿花的莨绸做旗袍，苏粉莲布店里的莨绸一抢而空，辛夷于是满大街都是红石榴绿牡丹了。

如果在苏粉莲的布店边上，让三保小鱼小两口开个裁缝铺，不是挺好？

苏粉莲一直在为这事游说三保。

朱凤珍没想到，苏粉莲原来打的是这个算盘。

三保她从来没放在眼里。嫌他是店里的小伙计；嫌他穷，家里除了一个哮喘姆妈，什么也没有；还嫌他没文化。朱凤珍虽然自己也没文化，可好歹也是师母呢，有资格看不起没文化的人。婚姻嘛，讲究门当户对，篱门配篱门，朱门配朱门，这样才体面。即使有高攀的，也是穷家女富家郎。老爷少爷一时兴起，找个丫鬟做妾做妻，这自古是有的，哪有小姐贱到配长工的？没有这样胡来的小姐。小姐都是要嫁富贵公子的，或者嫁一个落难书生，书生一开始怀才不遇，穷困潦倒，可到后来，都是要中状元的。小姐于是成了诰命夫人，着绫罗绸缎，戴凤冠披霞帔。戏文《西厢记》《碧玉簪》里不就这样？朱凤珍虽然没什么文化，但看了很多戏文，对人情世故，还是很懂的。可隔壁店的那个马脸老板娘不懂，有一次竟然拿米白三保开玩笑，朱凤珍当时就翻脸了，骂，嚼什么蛆？

虽然米白在米家三姊妹里，是最孬的，没米红长得好，也没米青会读书，朱凤珍自己都有点看不上，可再看不上，也是米家的女儿，不至于嫁给一个伙计。

也不知苏粉莲这个女人怎么想的，竟然相中了三保。

苏粉莲的女儿俞小鱼，朱凤珍是看过的，她到过裁缝铺几次，姿色虽然不及她姆妈，可没疤没癞的，也是眉清目秀的一个妹头，怎么就相中三保了呢？而且还是送货上门。难道俞小鱼有暗疾？身上某个看不见的地方生了恶疮；或者被别人破了瓜怀了胎了？要找个冤大头当爹——这是有可能的，虽然俞小鱼看上去很文静很正经，可说不定，是假正经！怎么也是苏粉莲的女儿，骨子里能没有苏粉莲的风流？——龙生龙，凤生凤，老鼠生儿会打洞。苏粉莲生的女儿，自然也会风流。就算天生不会，也学会了，和一个风流成性的姆妈生活二十年，每日耳濡目染，能不学会？老米不是说，熟读唐诗三百首，不会作诗也会吟吗？俞小鱼肯定是吟出了一个小俞小鱼。

朱凤珍这么瞎琢磨，老米不高兴了。什么事要有证据，何况事关一个妹头的清白名声，更要谨慎。这么信口胡吣，是不负责任的行为，也是不道德的行为。而且，还乱引用他说过的话，他经常说那句话，是教育女儿和学生多读书的，朱凤珍倒好，化雅为俗，把它化来给别人泼脏水了。

老米哭笑不得。苏粉莲的逻辑，老米其实还是很理解的，不仅理解，还有醍醐灌顶的启示作用。三保这后生，做郎婿不错。虽然出身贫寒，可品性周正，不卑不亢，有贫贱不能移的品德。这品德，老米十分欣赏。三保来裁缝铺头几年，朱凤珍对他的态度，是亦师亦主的严厉，且师三分，主七分，那种呼来叱去的样子，连老米都看不下去，但三保安之若素，对朱凤珍也罢，对老米也罢，都恭谨有礼，但恭谨里，也有不卑不亢的自尊。这一点，朱凤珍不知道，老米却看得清清楚楚——打他主动疏远米红这事，老米对三保就刮目相看了。有自尊的人老米一向是刮目相看的，别说人，就是畜生，老米也更欣赏有自尊的牲畜——他家以前养过一只狗，叫米小宝，是只公狗，——朱凤珍不论养什么畜生，都只养公的，这是没生儿子落下的毛病。她说米家阴盛阳衰，要采阳补阴，所以连裁缝铺里的学徒，都非要收男学徒。这在辛夷其实很不寻常的，裁缝活本来是女人的活，可朱凤珍不管，非男学徒不收。这毛病苏家弄的人都知道。所以王绣纹会拿这事编排朱凤珍，说朱凤珍捉了蚊子或蚂蚁，都要辨一辨公母，母的一指头摁死它，公的养起来，好采阳补阴。为这事，朱凤珍还打过米白一嘴巴，因为米白听了王绣纹的编排，信以为真，竟然问朱凤珍怎么辨蚊子和蚂蚁的公母。

米小宝喜欢到王绣纹家串门。因为王绣纹家有一只漂亮的卷毛母狗，也因为王绣纹家爱炖棒子骨头汤。小宝这畜生，不懂事，一边向卷毛母狗求欢，一边还和卷毛母狗抢棒子骨。卷毛母狗娇滴滴的，力气小，抢不过米小宝，就睁了水汪汪的眼，看了米小宝呜呜呜地撒娇。没用。米小宝视而不见，抢了骨头就一溜烟猛跑。把王绣纹气得要命。每次见了米小宝就踢。有一次，把米小宝的腿都踢瘸了。可米小宝吃了那么多棒子骨，白吃了，一点不见长骨气，依然没脸没皮往王绣纹家跑，见了王绣纹，尾巴摇得汉奸一样。朱凤珍恨其不争，用家法恶狠狠侍候过好几次，不顶用。这种狗，还姓米，还叫米小宝，好意思！不嫌辱没门风？老米逮着机会，就在朱凤珍面前挑拨离间，有一次终于离间成功了，朱凤珍一气之下，把它送给姊妹朱凤珠了。

老米家后来养的一条公狗就不一样，很矜持，从不摇尾乞怜，给它骨头时如果嗓门大一点，表情狰狞一点，它就爱理不理了，大有不食嗟来之食的君子之风。米青因此把它叫作米君子。老米很喜欢米君子。但米君子后来也被送人了，因为瘦，弱不禁风，朱凤珍认为它不能看家护院。一条狗，不能看家护院，留着有什么用？

为这事，老米和朱凤珍闹了好几天情绪。

朱凤珍这个妇人，庸俗。看人看狗不能看内在，只能看外在。所以她才给米红找俞木那样的纨绔子。所以才看不上三保。她其实不如苏粉莲。长相不如，见识也不如。人家虽然作风不好，没有妇德，至少有眼力，会看人，看出了三保的好。且没有门户之见，且不用老蛾在中间周旋，而是穆桂英、樊梨花般亲自出马。了不起，很了不起！

当然，这种了不起的话老米不能在朱凤珍面前说。朱凤珍最听不得，老米表扬别的女人，尤其是表扬苏粉莲这样的女人。所以，老米反弹琵琶，不说苏粉莲的好话，反说苏粉莲坏话。说苏粉莲这女人是蒋介石，要跑到峨眉山下摘桃子了。三保明明是朱凤珍教出的手艺，凭什么去给她开店？这不是不劳而获？不是搞剥削阶级那一套？

对呀，凭什么给她开店？朱凤珍气愤填膺，把裁衣剪往桌上一拍，逼三保马上表态，他是要她朱凤珍，还是要苏粉莲？

老米马上纠正她，错了，错了，不是要朱凤珍还是苏粉莲，而是要俞小鱼还是米白？

这是什么意思？三保看看米白，米白也看看三保，这一下，裁缝铺里有两朵鸡冠花了。

对米白的婚事，朱凤珍之前有过自己的打算。

她偷偷相中了另一个后生，也是苏家弄的，是苏全德的儿子苏茂盛。苏全德在辛夷市政府工作，认识辛夷所有的权贵，包括市长和市长夫人，因为这个，苏全德十分骄傲，经常拿市长或市长夫人说事，尤其有陌生人在场的时候。人家在谈论水果，他冷不丁插一句，说市长夫人喜欢吃榴梿呢。榴梿是什么？苏家弄的人没听过，苏全德说，是一种闻起来臭吃起来香的水果。苏家弄的人明白了，还当什么高级的，不过和臭豆腐差不多。怎么会和臭豆腐差不多？臭豆腐多少钱？榴梿多少钱？身价不一样的。苏全德恼了，他不喜欢人们对榴梿嗤之以鼻的态度，仿佛人们嗤之以鼻的不是榴梿，而是市长夫人，是他苏全德。这些小市民，没见识，下次再也不搭理他们了。苏全德在心里赌咒发誓。可下一次，人家在谈论“鸿运楼”的胭脂鸭呢，他又冷不丁插一句，说市长从来不吃鸭子。为什么？人家好奇了——不能不好奇，市长家的事嘛，听起来，等于听宫廷秘闻，等于看《武则天》、看《康熙微服私访记》。苏全德这下满意了，点上一根烟，仰了头，吐几个烟圈，然后慢腾腾地说，市长胃寒，所以嘛，不吃鸭子只吃鸡。只吃鸡呀，人家大笑，促狭地。陌生人被唬得一愣一愣，不得了，可不得了，这个胖子，怎么谈论市长家的私生活，就如谈论他邻居家的事。大人物，一定是大人物！可苏全德算什么狗屁大人物！不过是市政府食堂的厨子，按他自己的说法，是御厨。御厨吃得肠肥脑满，那形象，被米青讥笑为硕鼠。硕鼠硕鼠，无食我粟，三岁贯汝，莫我肯顾。每次苏全德经过老米家时，米白都会朗朗而诵《硕鼠》。是米青教唆的。米青如果自己背，被苏茂盛听见了，他就会用弹珠把米青当麻雀弹，他眼睛大，视力好，每次一弹一个准。但米白背诵的话，苏茂盛就没辙了，他喜欢米白。

苏茂盛在苏家弄，是第二有出息的读书人。只比米青差一点。米青念的是京城的大学，苏茂盛呢，是省城的。一个是状元，一个是榜眼。苏茂盛因此又被叫作苏榜眼。苏榜眼大学毕业后回了辛夷，御厨通过市长夫人的关系，把儿子搞进了邮政局。邮政局在辛夷可是个好单位，总是发各种各样的东西，冬天发木炭，夏天发西瓜。西瓜不是本地的，而是新疆吐鲁番的，沙瓤，粉红芙蓉花一样的颜色，苏全德每次都要站在弄堂口吃。他吃西瓜有讲究，在西瓜底部挖个洞，放两匙雪糖进去，这是锦上添花的意思了。可苏家弄的人不懂什么锦上添花，说是作。吐鲁番西瓜多甜哪，还要加雪糖，作，作死他！可人家就是要作，御厨的家里，雪糖多到成灾，把苏家弄的蚂蚁，统统招惹到了他们家。这些蚂蚁，看来也有鼻子呢，雪糖不论藏到哪，它们总能找到。苏全德的老婆皱了眉对别人抱怨，别人笑一笑，不说什么。懒得说。

朱凤珍让老蛾去试探苏全德夫妇的口气。苏全德夫妇一开始还以为是说米青呢，因为老蛾绕来绕去说了好半天什么都是书香门第之类的屁话，等知道是米白，苏全德的老婆立刻把雪糖酿糯米丸子撤了，癞蛤蟆想吃天鹅肉，她倒是想得美！

老蛾把这句话也如实转告了朱凤珍。这有些不安好心了。可老蛾喜欢这样。她倒不是和朱凤珍或苏全德老婆有什么过节，相反，在苏家弄，老蛾和这两个妇人，关系算好的。尤其和朱凤珍，处得不错。她喜欢上朱凤珍那儿做衣裳，朱凤珍呢，又喜欢找她看相算命，两人一向过从甚密。可她还是不愿放过这种送上门的挑拨机会。没办法，成习惯了。朱凤珍听了，果然勃然大怒。癞蛤蟆想吃天鹅肉？这话亏他们也说得出口！我家米白的皮肤那么白，怎么会是一只癞蛤蟆？谁见过这么白的癞蛤蟆？倒是他们家苏茂盛，那么瘦，一脸的疙瘩，还天鹅！天鹅得了痨病吗？得了荨麻疹吗？

一气之下，朱凤珍马不停蹄又让老蛾去试探银店老板韩六指。韩六指在苏家弄，也是个人物，虽然有六根手指头，但他的手很巧，会打各种各样的小银器。他打出来的挖耳勺，十分精致，上端是花瓣状，花瓣芯里还有个米粒大的韩字，辛夷有身份的老太太几乎人手一根。老太太平时把挖耳勺挂在裤腰带上，有人时，就拿出来，翘了兰花指，半眯了眼挖耳朵，一副欲仙欲死的神情。这是显摆了，在辛夷，有钱有身份的老太太才能这样显摆，没钱没身份的老太太，只好用自己小手指头挖耳朵了。不过，韩家几代相传的手艺，不是挖耳勺，而是长命锁。长命锁的一面雕了麒麟送子，一面雕了长命富贵。辛夷有钱人家的子孙，脖子上几乎都要挂一个。有的手上脚上还要挂呢，反正挂得越多，不是越长命富贵？所以，韩六指的家境十分殷实。而且，韩六指是个鳏夫，也就是说，米白如果嫁给他作儿媳妇，就没有婆婆了。这个好。米白性格那么糯，如果有婆婆，怕不被作弄成糯米团子？只是韩六指的儿子个头不高，还没什么文化，书才读到初一，就跟着韩六指学手艺了。这个让朱凤珍多少有些遗憾。相比起来，还是苏茂盛作米家郎婿更适合。读了大学，又吃官家饭。和米家是门户相当的。——嫁韩六指的儿子，实在是退而求其次了。

可让朱凤珍没想到的是，就是这个其次，也没成。韩六指倒没说什么，他喜欢米白，但他的儿子却不喜欢。为什么不喜欢呢？不为什么，就是不喜欢。

朱凤珍彻底灰了心，彻底灰了心的结果，是听从老米的怂恿，把米白嫁给了三保。

他们在冬至那天结的婚。如果依三保父母的意思，要放在第二年花朝的，春暖花开的时候，三保姆妈的哮喘也好了，三保米白一拜天地二拜高堂，她就能不弯腰，端坐着接拜了。但朱凤珍说一不二，小姐嫁伙计，伙计的姆妈除了感谢菩萨保佑之外，还有什么资格提要求？再说，米红刚离了婚，米家也要借米白的婚事驱驱晦气。

为什么人们喜欢在冬天结婚呢？米白问米红。

苏家弄的妹头，除了苏丽丽，都是冬天结的婚呢。为什么不是春天，不是夏天，不是秋天，而偏偏是冬天呢？米白好奇得很。

米红不知道——就是知道，米红也不想搭理米白。

米白问三保。

三保说，因为冬天冷，新婚夫妇可以在被子里搂着睡。夏天怎么结婚呢，天气那么热，两人搂着睡，不搂出一身臭汗来？

是么？米白正疑惑，三保一把搂紧了米白。

米白哧哧笑，三保赶紧嘘一声，他们的婚房就在老米和朱凤珍的隔壁，动静大了，可不好。

不单是朱凤珍和老米，还有米红，米红离婚回了家，就住在西厢房。

三保有点怵朱凤珍，也有点怵米红。就在他和米白结婚的头一天夜里，他一个人在裁缝铺，给米白的锦缎大红缎子小棉袄滚边盘扣子。这是米白的事儿，但米白夜里干活老打瞌睡，三保看不下去，让她先回去睡了。米红来了，半天不说话，只用两个大大的黑眼珠子瞪着他，瞪得他发毛。

你为什么和米白结婚？为了朱凤珍的裁缝铺么？米红突然问。

三保不说话——不知道说什么。

你喜欢米白？

喜欢。

真喜欢？

真喜欢。

我不信，鬼才信呢。

在米家，除了米老太太，谁会喜欢米白？

老米是不喜欢的，因为他是老师，老师喜欢学习好的学生，而米白学习不好。五年级了，还不会四则运算。为什么加了之后又要减呢？她问米青，米青一个爆栗子敲到她脑门上，你管它为什么？好好做你的题目就是。可米白不会做，又是加又是减又是乘又是除，太复杂了，把人的头搞晕了。更让米白头晕的是应用题，那些应用题，十分古怪。比如，小明家有一个水池，上面装有一个进水管和一个出水管。单独开进水管30分钟能把空池注满，单独开出水管20分钟可以把满池的水放完。如果先把进水管打开几分钟，然后再把出水管打开，10

分钟可以把水池里的水放完。进水管先打开了几分钟？米白想不明白，小明的父母为什么在进水时要出水呢？这不是太浪费了？如果米白敢这么做，朱凤珍会打死米白的。

数学也就罢了，米白的语文也不好。举头望明月，低头思故乡。李白为什么要低头思故乡，抬头思故乡不行吗？飞流直下三千尺，疑是银河落九天。怎么是三千尺？不是二千九，不是三千一，李白量了吗？那么高，怎么量？李白难道会轻功？老米气个半死，米白的问题总是莫明其妙，他自己是语文老师，但无论他怎样呕心沥血，也没法让米白开窍。什么叫朽木不可雕？这就叫了！

对朽木，老米能做什么？只有摇头了。按说米红学习也不好，但米红那是不好好读。米白呢，倒是很认真，每天做家庭作业做到比米青还晚呢。米红早睡了，米青在那儿看闲书呢。米白一个人，还在灯下咬笔头呢。一边咬，一边还念念有词，把米青念烦了，骂，你和尚念经哪。米白说，和尚是男的，我怎么会是和尚？米青好笑，问，那你是什么？米白说，尼姑，尼姑念经。米青说，小尼姑，别念了。米白不念了，可过上几分钟，又开始问米青问题。米青烦不胜烦，一把夺了米白的作业，三下二下帮她做了。当然，这是老米不在边上的时候，老米如果在，米青就不敢了，只好用棉花塞了耳朵，由了米白在那儿愚公移山。

朱凤珍也没法喜欢米白。本来，要论长相，米白最像朱凤珍了。只不过是朱凤珍的夸张版。朱凤珍是圆鼻子，米白的鼻子更圆，圆成了一颗蒜头；朱凤珍的眼睛有点眯，米白的眼睛更眯了，尤其笑的时候，能眯成樱桃小丸子的样子。十岁的樱桃小丸子自然可爱，可五十岁的小丸子，就实在不怎么样了；最糟糕的，是朱凤珍的耳朵，朱凤珍的两只耳朵有些往外支棱，微微地，不细心的人看不出来，可米白的耳朵呢，发扬光大，干脆支棱成招风耳了。

似乎米白来到这世上的目的，就是要揭朱凤珍的短。

这是什么女儿呀？

连老米也摇头说，别人是扬长避短，去芜存菁，她倒着来，扬短避长，去菁存芜。

米白还真是倒着来的。七坐八爬半岁长牙，人类普遍的生长规律，可米白硬是置规律于不顾，统统比别人晚。别的孩子一岁就会走路了，她一岁三个月了，才开步，开步和别人还不一样，是倒着走的，把朱凤珍和老米吓一跳。

本来朱凤珍想再接再厉的，生儿子是朱凤珍的人生理想。但因为米白，朱凤珍不敢生了——看趋势，有每况愈下的可能，万一到时儿子没生出来，生出个比米白还不如的妹头，怎么办？

怎么办？不办了，老米说，省得狗尾续貂。

和米红出门，如果有人问，你女儿呀？朱凤珍听了，眉飞色舞，鸡啄米似的点头。可如果是米白，朱凤珍就不点头了——也没人问，人家一看，就知道是母女了。

人生不如意事十之八九，米白就是朱凤珍的不如意。偏偏这个不如意，还要一直待在她的眼皮底下。读书不成，没办法，只能学艺了。可学艺也不成。裁缝学了好几年了，连一件简单的衣裳也不会做。老蛾的一件对襟开衫，被米白做成了斜襟；弄堂里梅孃孃的西裤，让米白做成了紧身裤。这犯忌。裁缝开剪的第一秘诀，是从大不从小。衣裳做大了可以改小，可做小了呢，就无药可救。朱凤珍之前叮咛又叮咛了的，米白听的时候也鸡啄米似的点了头。搞半天，是不懂装懂。什么脑袋？榆木呀？真如老米所说，是朽木不可雕。朱凤珍不雕了，交给三保。三保倒是雕得十分认真，一颗琵琶纽扣，教了一遍又一遍，还没教会。三保也不急，还是很耐心地教。米白也不急，很耐心地学。两个人，一个诲人不倦，一个孜孜无怠。米红偶尔过来闲逛，在边上看急了，这有什么难的？她看一遍，就会了。盘出来的琵琶，和三保的差不多。

十根手指，有长有短。一树花果，有酸有甜。当初朱凤珍嫌米白笨时，米老太太这么劝过她。三姊妹里，米老太太最喜欢米白。也不单是米老太太，弄堂里所有的老头老太太，只要是六十岁以上的，都喜欢米白。每次看见米白，老脸就笑成一朵朵花呢。因为他们老了，没有牙齿，所以喜欢吃糯米那样稀巴烂的东西。而米白，就是一粒糯米，一粒圆乎乎软乎乎的糯米。糯米蒸熟了，成了饭粘子。米红这么对米青说。不屑地。这是统战的意思了。苏家弄的老人们，不喜欢米红，也不喜欢米青，只喜欢米白。米红不高兴。可米青低头看自己的书，不搭理米红。老人们喜欢不喜欢米青，米青无所谓。别说老人们，就是整个苏家弄的人，包括朱凤珍，不喜欢米青，米青也无所谓。她不是苏家弄的人，她的世界在远方。只有想起远方的时候，她的内心才会涌起一种乡愁般的感情。这是什么话？鸟语么？朱凤珍怎么一点儿也听不懂，不是苏家弄的人，怎么可能？她的胎衣还埋在院子里的樟树下呢，接生婆刘枝子也还没死呢，人证物证都还在，她竟然睁眼说瞎话。但老米是听懂了的，米青说的是精神家园。老米替米青解释。这下子朱凤珍更迷惘了，精神家园？什么精神家园？难不成米青在演《离魂记》？这是对牛弹琴了！老米这时就微微有些后悔，后悔娶了朱凤珍，和一个没文化的妇人结婚，真是没有共同语言。假如当初自己再执着些，说不定就和同事鄢俪结婚了，鄢俪是师范大学中文系毕业的，不可能听不懂精神家园。不过，话又说回来，和鄢俪结婚也有问题，听数学老师马小康——也就是鄢俪的老公说，有文化的妇人更是麻烦，每天都要散步，即使下雨天，也要撑把伞陪她出去散步。搞得他经常感冒，上课都流清鼻涕。还不让他看电视剧，说声音太吵，影响她读《红楼梦》，他只好把声音调到无，看默剧。还不行，说庸俗。让他也读书。没办法，他只好读书了，读金庸的《天龙八部》。又不行，要读《红楼梦》。马小康不明白，《红楼梦》有什么好读的，不就是宝哥哥吃胭脂林妹妹吃醋么？还吃得吐血了。这样的东西他读不来。但她读几十年了，还没读厌。读不厌，鄢俪说，每次读，她都能读出新东西来。这是见鬼了。《红楼梦》又不是孕妇，还能生产出新东西？

每次马小康这么抱怨，老米就忍不住幸灾乐祸。看来文化这东西，有点儿像阿司匹林，也有副作用。能治关节炎和牙痛，但长期大量服用，也会引起恶心呕吐。也就是说，鄢俪有鄢俪的好，朱凤珍也有朱凤珍的好，至少不会让他读《红楼梦》。老米虽然也是师大中文系毕业的。却到现在也没读完过整本《红楼梦》，每次读到贾母生日一回就读不下去了，太繁华太热闹了。老米喜欢朴素，不喜欢繁华。老米喜欢清静，不喜欢热闹，即使是小说里的繁华和热闹，也受不了。

因此，三个女儿里，他最喜欢米青。不单是因为米青学习好，还因为米青安静。米青有植物一样的习性，只要有本书在手上，她就成了一棵树。老米偏爱树一样的二女儿。虽然这种偏爱老米不像朱凤珍那样明显，但也能看出来。米红为此对老米很不满。米红就这样，骄横。她其实是不太喜欢老米的，但她不喜欢老米可以，老米不能不喜欢她。她看不上苏家弄可以，苏家弄不能看不上她。什么逻辑？米青最反感米红的，也是这一点。有过于强烈的集三千宠爱于一身的心理倾向。她把苏家弄当后宫呢，暗暗和每一个人争宠。即使她最看不上的老人们，也不容他们喜欢米白。喜欢米白就说人家没有牙齿，那有牙齿的呢？对，苏家弄有牙齿的后生都喜欢米红，除了一个人，苏茂盛，他和苏家弄的老人们一样，不喜欢米红，不喜欢米青，只喜欢米白。

苏茂盛喜欢米白，米红知道，米青知道，但米白不知道。

米白怎么会知道呢？苏茂盛又没说过。苏茂盛不单没说过他喜欢米白，甚至都没怎么和米白说过话。

两人是同学，打小学，到中学，又住在一条弄堂里，按说，应该有“郎骑竹马来，绕床弄青梅”的美好情意，可没有，苏茂盛和米白之间，别说竹马和青梅了，就是正常的友谊，也没有。苏茂盛是班上的学习委员，还是数学课代表，经常负责收课堂作业和试卷，米白做题目慢，总是拖拖拉拉，苏茂盛铁面无私，站在米白面前，粗声粗气地催，交卷子交卷子。米白不肯交，咬着笔头做苦思冥想状——其实是徒然的，之前都做不出来，现在教室里乱糟糟的，面前还站了个苏茂盛，更做不出来了，急得一张白脸，红成了一朵六月荷花，荷花上还挂满了细密的水珠子——米白爱出汗，尤其在吃东西和考试的时候。苏茂盛皱着眉在边上，等了一会儿，不耐烦了，一把夺了试卷，扬长而去。米白的眼泪就出来了，她还有半张试卷空着呢，回头成绩一出来，不及格，老米又该叹气了，说，朽木不可雕也，朽木不可雕也。

米白也有小心眼，她试图贿赂过苏茂盛。怎么贿赂呢？米白推己及人，给苏茂盛带零嘴，丝瓜干。米家的丝瓜干，在苏家弄很有名呢。盛夏丝瓜最丰满的时候，带露摘了，对剖，切段，用正午的阳光暴晒一个时辰，拌上糯米粉、蜂蜜、料酒、姜、蒜、红辣椒丝，再撒上白芝麻，隔水蒸熟，晒上两到三个日头后，那样子，美轮美奂，就如琥珀般通明剔透，用坛子装上，就是老米家一年四季的茶点了。当年米先生，那位私塾老师，课后最爱的，是一杯茶，一本书，一碟丝瓜干，坐在院子里樟树下的藤椅上，五月，有风吹过，米粒细的樟树花簌簌落下，米先生微合了眼，享尽人间富贵的样子。那是当年苏家弄的一景。如今米先生早已过去，可七月十五家祭的时候，米老太太仍会在樟树下摆上这几样东西。

即使待客，丝瓜干也总能让客人惊艳。老米的校长，以及校长夫人，都被惊过。校长夫人当时还充分表达了她的惊艳，用她的丹凤眼，和小旦般尖细的嗓门。人家可不白当一回小旦，之后米老太太每年都会用青花瓷坛装上一小坛，让老米给校长夫人送去。老米为人师表，光明磊落，是不会贿赂领导的。但朱凤珍嗤之以鼻，一坛子丝瓜干，算什么贿赂。老米想一想，也是，一小坛丝瓜干，似乎确实算不得贿赂。也就半推半就，做一回孝子了。何况校长夫人还回来的青花瓷坛里，每回还会搁上几块芝麻酥之类的，给米老太太，算礼尚往来了。既然是礼尚往来，那就更和贿赂领导不相干了，老米的青花瓷坛，于是送得心安理得。

米白抄袭老米，也给苏茂盛送丝瓜干。当然不能用青花坛子，而是用花布头做的手绢，放到苏茂盛的抽屉里。可苏茂盛这家伙，简直和米小宝一样，不懂事，丝瓜干吃了就吃了，白吃，下次收卷子时，照样铁面无私地站在面前。交卷了交卷了。米白抬头看他，王绣纹家卷毛母狗一样的表情。没用。苏茂盛压根不看她的脸，两只大眼珠子，只盯紧了卷子，说，交卷了交卷了。

什么人哪！

不仅这样，在弄堂遇见了，米白不计较，眯了眼，要打招呼，可苏茂盛脖子一梗，下巴一扬，仇人般的，就过去了。

米白苦恼得很，这个苏茂盛，为什么对她这样呢？对别的女同学，也不是这个样子。米白问米青。米青用异样的眼神看看米白，难怪成绩这么差呢，不知道反语这种手法吗？一个男的喜欢上了一个女的，怎么说呢？可以用陈述句。我喜欢你。像阿Q那样。阿Q喜欢上了赵家女仆吴嫂，就直不笼统地对她说，我想和你困觉。这好懂，即使目不识丁的吴嫂，也听懂了，所以哭着喊着要上吊。可这是未庄农民阿Q的方法。三叶虫一样低级的方法。阿Q没上过学堂嘛，阿Q如果上了，肯定就不这么低级了，对吴嫂示爱时就不会用陈述句了，而是会用反语，我不想和你困觉——会这么说。这是一种隐身术，也是读过书的人掌握的暗语。密码般的语言。可苏茂盛碰上了米白，这暗语就行不通，米白是个只能听懂陈述句的学生。用反语说的话，米白也当陈述句听了。米青一时十分同情苏茂盛，鸡同鸭讲，就是这意思。可一只鸡为什么要挑上一只鸭当讲的对象呢？也就是说，苏茂盛为什么会喜欢上米白呢？米青疑惑。米红也表示过同样的疑惑。她甚至比米青更早地知道了苏茂盛喜欢上了米白，没办法，她在这方面，天生异秉。任何风吹草动，都逃不过她的眼睛。但她这一回，也是知其然不知其所以然。按道理苏茂盛应该喜欢米红的，只要长了眼睛，就不能不喜欢米红，谁叫米红长得如花似玉呢？可苏茂盛就是不喜欢米红，米红打一开始就知道了。虽然最初她也误会了，以为苏茂盛总打米家院子外经过是因为自己——她经常会犯这自作多情的毛病的，以为所有的男人，都在暗恋她。但她很快就知道不是了。有一天，看苏茂盛又在院门外搔首踟蹰，她盛气凌人地把苏茂盛叫住了，要他跑个腿，到城西给她和苏丽丽买酸辣粉皮子和绿豆糕。她以为苏茂盛会乐得屁颠屁颠的，苏家弄的小男生，谁不会乐得屁颠屁颠呢？这种赏赐可不是每天都有的，遇上了，要磕头谢恩的。可苏茂盛不磕头也就罢了，还翻个白眼，理也不理米红就走过去了。把米红晾在那儿，好半天回不了神。——那么是米青了？对，苏茂盛那种类型的书虫，应该喜欢米青这种书虫。书虫对书虫嘛。米红恍然大悟。可也不对，苏茂盛的弹弓，也弹过米青，因为米青嘲讽苏全德，硕鼠硕鼠，无食我黍。米青刚背出第一句，苏茂盛就百步穿杨，在米青的脑门上，穿出了一枚铜钱大的瘀青。

米家剩下的，只有米白了。难道苏茂盛的搔首踟蹰，是因为米白？这怎么可能呢？苏茂盛为什么会喜欢米白呢？米红冰雪聪明，也想不出来为什么。只好问米青，在苏家弄，比米红更冰雪聪明的，只有米青了。

他为什么会喜欢米白呢？他应该喜欢你才对，米红对米青说。这近乎谄媚了，骄傲的米红，也只有在米青面前，会有不自觉的谄媚。

米青不作声。米青总这样。埋头看书，或者假装埋头看书。她不想被米红拉拢。她和米红，从来不是一伙的。

但对米白的提问，她也不作声。她不想启蒙米白，连加减乘除都弄不懂的脑子，要她弄明白苏茂盛的反语，不是一件容易的工作。她不白费劲。有那个拔苗助长的功夫，不如多看几页书。她正在看西格尔的《爱情故事》，里面的意大利姑娘詹尼，和苏茂盛一样，也是用反语表达爱情的——我是不会和你去喝咖啡的，詹尼对奥利弗说。但她的意思，是要奥利弗请她喝咖啡。这是聪明人的方式。聪明人都爱用反语，反语有意味深长的美感，如涟漪，如暗香，让人心旌摇荡。哪天如果她谈恋爱，肯定也要这样开始。当然，不能遇上米白这种榆木疙瘩，遇上米白的话，就不是《爱情故事》了，而是《梁三伯与祝英台》。同窗三载，十八相送，梁三伯恁是没辨出祝英台的雌雄和心意。

看着一脸茫然的米白，米青差点笑出声来。

这个苏茂盛，为什么偏偏和我过不去呢？米白还在迷惑。

米青忍住笑，由着米白迷惑去了。

裁缝铺的生意好了起来。

因为三保。三保也开始看书，是杂志，时装杂志，《瑞丽》《米娜》《秀》什么的，都是米青送的。三保和米白结婚时，米青正好放寒假，从北京回来时带回一捆旧的时装杂志，作为三保和米白的结婚礼物。米青是不看时装杂志的，但她的室友朱蕉爱看，且熊瞎子掰玉米棒一样，看一本丢一本，宿舍里因此到处都是旧杂志。除了旧时装杂志，就是菜谱。这是另一个室友杜小美的。杜小美爱看菜谱。鲁菜、川菜、粤菜、淮扬菜，四大菜系的经典菜肴，在理论上杜小美都能做。有时夜深了，她们饥肠辘辘的时候，朱蕉会让杜小美背菜谱。朱蕉说，美，做一个红烧狮子头吧。杜小美于是开始忙乎了。忙乎半天，红烧狮子头做好了。朱蕉贪得无厌，又说，美，再做一个剁椒鱼头吧。杜小美说，做不了。为什么？没有剁椒了。杜小美是扬州人，不喜欢吃辣呢。朱蕉没办法，问，那有什么？杜小美说，秋天了，做一个银鱼莼菜羹吧。朱蕉只好喝银鱼莼菜羹。米青在边上忍俊不禁。心情好的时候，米青也偶尔参与她们这种画饼充饥的游戏，朱蕉很慷慨，说，青，你点菜吧。米青爱吃荤。东坡肉。水晶肘子。杜小美有求必应。米青难得和她们一起玩呢，杜小美因此很给面子。再说，米青一加入，这游戏的性质就不一样了。米青是她们现当代文学点的高才生。他们导师的第一春风得意弟子。什么事情只要米青掺和了，导师的说法就不一样。朱蕉她们去游山玩水，导师知道了，说，瞎逛。米青去了，导师说，行万里路，读万卷书。朱蕉她们在上课的路上摘了一捧桂花，想玩玩风雅。导师看见了，批评说，没公德。米青来了，也摘了，导师说，花开堪折直须折，莫待无花空折枝。前后不过几分钟的事儿，导师说得面不改色。把朱蕉她们听傻了。这死老头，整个一只变色龙呢。

所以朱蕉一直引诱米青也看时装杂志。可惜一直没引诱成功。有一次，米青急着要如厕，手边一时没有书——米青如厕是一定要带书的，不然，就如不了。朱蕉急中生智，塞给她一本

《秀》。米青一边如厕，一边乱翻，翻到一页上，看到一个日本女孩，长得很像米白，日本女孩前额上一排整齐的刘海儿，笑眯眯地，穿件孔雀绿梨花白两色连衣裙。那裙子有点短，圆乎乎的膝盖都露了出来。米青一下子有点想米白了。米白也有刘海儿，也有这么一对圆乎乎的膝盖，假如米白穿上这么件裙子，一定也很好看。

这在米青，是难得发生的事。米青是不太会思念的，尤其思念辛夷的人事，就更难得了。

米青问朱蕉要这期杂志，她想带回去，让三保照着杂志的样子也给米白做一件。朱蕉受宠若惊，赶紧把旧杂志收拾收拾，统统都送给了米青。

米青本来不想千里迢迢背这么多的旧杂志回去，但想到这也是专业书，对三保和米白而言，有点意义了。何况，他们要结婚了，她这个二姐也没钱买礼物，就用这些旧杂志，权当新婚礼物了。书生人情纸半张，她慷慨多了，纸千张万张呢。

三保挺高兴。后来果然照着杂志上的样子做了条裙子。不过，不是给米白，而是给米红。盛夏来的时候，米白已经怀孕六个月了，没法穿那种窈窕的裙子。米红的身段本来就比米白窈窕，穿上那件收腰裙，就更窈窕了，走在辛夷街上，如一朵五月初绽的栀子花，夹枝缠叶，迷人芬芳。辛夷男人们的眼花了，辛夷女人们的眼也花了。一些善于学习的女人，纷纷到苏粉莲那儿买布，找三保依样画葫芦做一件。三保和朱凤珍说，不如在自己店里也进一些布，这样更划算，不单可以赚工钱，还可以赚布钱。朱凤珍觉得这主意不错，可以抢苏粉莲的生意。对苏粉莲这个女人，朱凤珍总有恨意，冠冕堂皇的恨意，为什么不冠冕堂皇呢？一个正经女人，恨一个不正经的女人，是有道德高度的，代表的，是全辛夷女人的感情和意志。何况，她们之间还有私怨，这女人竟然背后搞阴谋挖墙脚，想把三保挖走。要不是老米及时提醒，说不定三保现在就和俞小鱼在苏粉莲布店隔壁开起了裁缝铺呢。

这样想，朱凤珍就同意三保卖布了。这其实有违朱凤珍的生意经。朱凤珍是不见兔子不撒鹰的。做手艺，是空手套白狼。卖布可不一样，要先从腰包里掏出白花花的银子。朱凤珍不喜欢这样。但想到苏粉莲，朱凤珍咬咬牙，就破了一回例。

裁缝铺的铺面不大，花花绿绿的布一挂上，煞是好看。三保还买了两个塑料模特，放在门口。模特刚在门口立好，衣服还没穿上呢，隔壁店的老板过来了，嘴里叼根牙签，歪了头，把模特左看右看看了半天，说，凤珍，人家用二郎神作门神，用石狮子作门神，你家好，用两个光屁股女人。

你乱嚼什么蛆。朱凤珍笑骂。

其实，衣裳穿在塑料模特身上还不如穿在米红身上好看呢。米红一空闲，总往裁缝铺跑。中午或傍晚时分，她从城西杂货铺打麻将回来，便会绕一绕裁缝铺。看看新进的布料，翻翻杂志，一边有一搭没一搭地问三保的话。三保，你说这件百褶裙怎么样？三保停下手里的活，瞄一眼米红递过来的杂志，说，挺好。我穿怎么样？不怎么样。为什么？三保不说话。为什么？米红又问，她身材这么好，穿什么裙子会不好看呢？这种裙子是小秧子穿的。在辛夷，小秧子是指十几岁的妹头。而米红，二十七了，早过了小秧子的年龄。米红有些措手不及，对三保的回答。春花般的脸一时僵住了，有些像贴在墙上的纸美人。好几天，米红不上裁缝铺了。可也就是好几天，几天之后，米红又来了。她没地方可去，除了城西的杂货铺，或者女友苏丽丽那儿。可苏丽丽那儿她不太去了，没意思，陈吉安这家伙，不知怎么搞的，总是忙。每次米红去，寡淡地招呼一句，来了。就算完事了。怎么这样子呢？好歹当初追过她，虽然没追上，成了苏丽丽的丈夫。但总应该有些旧情吧？陈吉安却没有，至少看上去没有。苏丽丽也是，从来不看别人的脸色，总是自说自话。每次说的都一样。留声机一般。说陈吉安的生意怎么怎么好，芝麻开花一般，节节高。说她儿子陈迭戈怎么怎么好——迭戈是西班牙男人的名字，苏丽丽的姑姑帮着起的。苏丽丽的姑姑在西班牙开瓷器店，开了十几年，开成了富婆，每次回辛夷娘家，都摆出那种衣锦还乡的姿态。对娘家的事，不论大事小事，总爱指手画脚。苏丽丽的儿子，原来叫陈可以。是陈吉安的父亲取的。老头喜欢自己的宝贝孙子，觉得自己的宝贝孙子什么都好，十分可以，所以叫陈可以了。如果中国人的名字像日本人一样，可以取四个字，那他的孙子，就叫陈十分可以了。老头对自己的取名才华很得意。但苏丽丽的姑姑不以为然，陈可以？这是名字吗？翻译成英文，不就是陈OK吗？别人一听，还以为是OK绷呢，不好，苏丽丽的姑姑自作主张，要给陈可以更名，叫陈迭戈。她店里的男雇员，一个很英俊的马德里年轻男人，就叫迭戈，迭戈·阿曼多，很爱慕她，只要她老公不在，他就会很甜蜜地叫她 Guapa China（中国美人）。她很喜欢当他的 Guapa China，尤其喝了几杯 Vitoli Vino Tinto 之后，她会忍不住朝他抛媚眼。也就是几个媚眼，多了，也不会给。她是个生意人，这个年轻的西班牙男人想从她这儿要什么，她清楚得很，虽然有时她也学他，假装出神魂颠倒的样子——她也是五十岁的人啦，怎么可能那么容易神魂颠倒？最多不过春心荡漾一下罢了，还是微微地荡漾。她老公看不惯她荡漾的样子，总吃醋。苏家的女人都好色。老了老了也不让人省心。他经常怨妇似的说。她也不解释。在国外生活很多年之后，早就培养了外国女人的荣辱观。对男人的爱慕，哪怕是不合伦理的爱慕，也不以为耻，反以为荣了。

当然，这些她不会对苏丽丽说。她只是说，反正陈迭戈以后要去西班牙读书的，先取了西班牙名字，省得来回折腾。苏丽丽一听，心花怒放。她姑姑的意思，是要把她儿子带到西班牙去了。苏丽丽在米红面前炫耀，米红觉得好笑。苏丽丽这个人就是这样，缺心眼，当初她姑姑说带苏丽丽去西班牙，要她好好学画瓷器，苏丽丽乐了好几年，屁颠颠去职高学画青花，还做梦要到西班牙找男人，当西班牙男人的 Guapa China ，结果呢，人家不过是随口那么一说，后来压根再也不提去西班牙的事了。现在又轮到苏丽丽的儿子了。也亏得苏丽丽天真，还信她，真把儿子的名字改成陈迭戈。

我们迭戈这样，我们迭戈那样。兴致勃勃地说。米红不爱听。于是懒得去苏丽丽那儿了。

城西杂货铺那儿米红倒是经常去，那个老板娘，现在代替苏丽丽，成了米红的闺蜜。老米对此忧心忡忡。杂货铺那个女人，不是什么好东西，米红如果不是因为和她厮混在一起，也不会弄到离婚的下场。她那个杂货铺，藏污纳垢，把辛夷不正经的男女，全笼络了。米红总往她那儿跑，名声不坏了？近朱者赤，近墨者黑。一个女人，把自己弄得乌漆墨黑，怎么办？可这话朱凤珍不爱听。不就是打打麻将么？怎么就乌漆墨黑了？米红刚离婚，心情不好，不出去散散心，会出事的。弄堂后面老张头的二女儿，不就这样？因为偷男人，离了婚，老张头夫妇亡羊补牢，把她关家里，要她在家一边做家务，一边闭门思过，她也听话，真闷在家里闭门思过了，结果思了大半年，思成了一个花痴。不做饭了，也不洗碗了，整天描眉画眼，站在自家院子里的桃树下，看见男人经过就捂了嘴哧哧笑，每年春天时，病情严重了，还对着男人宽衣解扣。老张头家门口，春天时于是就总有一些眉眼猥琐的男人来回晃悠，想白看光景。老张头气得要命，躲在院墙里往外扔砖头，这些不要脸的，砸死一个是一个。老张头的老婆吓坏了，砸死了人可是要偿命的。没辙，只好到朱凤珍那儿给女儿做了好几件没有扣子的衣裳。

朱凤珍说这事，老米又不高兴了。米红是老米的女儿，再怎么闷在家里，也不可能闷成老张头的二女儿。朱凤珍之所以纵容米红出去打麻将，其实是贪图小利，因为米红打麻将总赢钱。那个杂货铺的老板娘，会出千的，或许教了米红一两招。当然，也有可能是米红偷师的，米红聪明，学什么都快，特别在一些旁门左道的事上，玲珑得很。米青曾很刻薄地说，如果米红生活在金庸的世界里，她肯定是女西毒——米青爱看小说，喜欢把苏家弄的人，变成小说中的人物。她喜欢的人，就是正面人物，不喜欢的，就是反面人物。关键是，苏家弄的人，没几个是米青喜欢的。米白是大观园里的傻大姐，老蛾是清河县的王婆，而朱凤珍，是阎婆惜她姆妈，后来又变成了曹七巧，因为米青那段时间在读张爱玲。

好在朱凤珍是文盲，不读书。米红不是文盲，也不读书。家里能听懂米青说话的，只有老米。老米不解释，米青的话，就白说了。白说好，白说不生事，不然，米家还怎么太平？

米红那天又上裁缝铺了。

朱凤珍不在，朱凤珍上朱凤珠家了。她偷偷给朱凤珠送鞋面布去了。朱凤珠的十根手指头，又粗又短，却巧得很，会做布拖鞋。朱凤珍就长期给朱凤珠提供鞋布料了。也不白提供，朱凤珍家的拖鞋，朱凤珠全包圆了。顾客们送来的布料里，如果有合适做鞋面的，朱凤珍用尽心思，也要划出两双鞋料来。因为这个，老米没少批评她。孩子小时，家里困难，她这么煞费苦心，还情有可原。现在家境不一样了，不说有多富裕，至少丰衣足食了。再这么鬼鬼祟祟地偷顾客的布，就说不过去了。米青瞧不上她姆妈，也是因为朱凤珍总做些上不了台面的事。裁缝不偷布，三日一条裤。这是苏家弄的妇人，背后讥讽朱凤珍的话。但朱凤珍说，靠山吃山，靠水吃水。我这算什么偷？比起我师傅来，小巫见大巫，差远了。当年我师傅，能从一件夹袄里，划出一件单衫来。

朱凤珍那意思，她没有青出于蓝而胜于蓝，遗憾呢。

老米无语。秀才碰到兵，有理讲不清。朱凤珍这个人，虽然在外总以米师母自居，其实呢，什么师母？就是一个兵。

倒是三保和米白没这旧式裁缝的恶习。米白怀孕八个月了，要准备宝宝的小衣裳。朱凤珍老毛病又犯了，算计着用顾客的布，做宝宝月子里的衣裳。这块布棉软，做件小褂子正好。这块布颜色鲜艳，做个小肚兜吧。三保不作声。这么多年，每次朱凤珍这么划料的时候，三保都不作声的。师傅做主的事，他不能开腔。但他自己从不这样。做件裤子三尺布，就告诉顾客扯三尺布。做件裙子四尺五，就告诉顾客扯四尺五，从不虚报尺寸。因为这个，朱凤珍没少讽刺三保。三保，你入错行了。为什么学裁缝呢？你应该到学堂里去学做先生。

什么意思？三保没听懂，听不懂也不问，因为知道不是好话。

米白不知道，还以为是夸三保呢，喜滋滋地问，为什么三保应该到学堂去学做先生？

可以教数学呀。

为什么要教数学？

可以一是一，二是二。

米白还要问，三保使个眼色。米白只好不问了。她一向听三保的话。

宝宝的衣裳三保不想用偷来的布。这不好。他姆妈说过，人在世上有两样东西要干净，一是吃的，二是穿的。衣食清白了，人一辈子也就清白了。

所以，三保不想打一开始，就坏了他儿子的清白。

为什么是儿子的清白？不是女儿的？米白问。

那就不能坏了女儿的清白。三保说。

米白挑的布，都是花颜色的。樱桃红的，芭蕉绿的，还有木槿花般的粉紫色。米白知道自己一定会生女儿的。怎么知道的呢？朱凤珍气得要命。她命里没有儿子，难道命里也没有孙子吗？米白嫁给三保之前，朱凤珍和三保家讲好了的，他们生的第一个孩子，不论男孩女孩，要姓米的。为了这个，朱凤珍在心里不知念了多少句观音菩萨。要不是老米坚决反对，她要在家给观音供几炷香呢。可米白却说什么她要生女儿。怎么知道的呢？朱凤珍没好声气。米白说，是老蛾说的。米白自怀孕后，总梦见桃花，成片成片胭脂色的桃花。打二月开始，花就开了。她一直等着结果，米白想吃桃子呢，特别特别想。可桃花的梦从二月做到了八月，树上依然还是花，一个桃子也不结。成心和米白作对了。米白懊恼了。在梦里吃个东西，怎么这么难？对三保抱怨。三保说，我不是给你买了桃子吗？不一样，米白说，她还是想在梦里吃桃子，梦里桃子的味道不一样。味道怎么会不一样呢？梦里的桃子，难道是王母娘娘花园里的蟠桃吗？米白说，不一样，就是不一样。她上次在梦里吃的桂花荷叶糕，比“李记”卖的，就好吃许多，有一种说不出的香味，梦醒之后，还余香满口。三保乐了，什么余香满口？满口水吧。米白睡觉时，总张了嘴，三保有时好玩，用手帮她合上，包饺子一样，可过一会儿，又张开了。米白说，当然要张嘴，不张嘴怎么吃东西呢？做梦还惦记着吃东西，难怪会流口水。口水把枕巾洇湿一大块。早晨三保一边换枕巾，一边问，又吃什么了？米白不承认，她什么也没吃，这回她梦见的，是城南辛夷河边的菖蒲花。这话鬼才信，她这是在抄袭米青的梦呢。米家三个女儿里，也只有老二米青，会梦见河水或菖蒲花之类的。三保拿了小圆镜子给米白，米白一看，嘴唇边一条白乎乎的口水痕呢。铁证如山，没办法了，米白只好老老实实承认，她梦见啃酱猪蹄呢，不过没啃上，刚挑了块蹄尖往嘴里送的时候，就醒了。总这样。每次吃东西时都会在紧要关头醒，讨厌，讨厌死了！米白的嘴，嘟成了一个花骨朵。

三保忍不住用指头在米白的花骨朵上掠一下，说，别恼了，我帮你到“李记”去买两只。

米白惊呼，真的？

当然真的，三保说。他实在喜欢看米白那突然间眉开眼笑的样子，芙蓉花绽放在风里般。米家三姐妹里，也只有米白，会因为这些小小的好，没出息地大惊小怪。你给她缝只布老鼠，她乐开了花；你给她盘只布蝴蝶，她乐开了花。如果是米红，别说这些小恩小惠，人家不放眼里，即使是金锞银锞，又如何？应该的。何况，三保也没有金锞银锞，三保只能给自己的女人，买两只酱猪蹄。

可米白又不想让三保去买了。还是在梦里吃划算，梦里的酱猪蹄不要钱。她回头再补个回笼觉，说不定能把梦接着做下去——上回梦到吃五香豆，就是这样，夜里没吃上，第二天中午就吃上了。

不过，这一回桃花的梦有些奇怪，不论米白一夜一夜怎么努力，就是开不落，桃花不落，米白就吃不上桃子。

老蛾说，当然开不落，这是胎梦，梦见桃花是要生女儿。

米白把这话对朱凤珍说了，朱凤珍那个急，赶紧跑到老蛾那儿问情况。

老蛾说，梦是反的。

那米白是要生儿子了？朱凤珍又惊又喜。

老蛾不说是也不说不是。只是很神秘地一笑。老蛾总这样，话说半句，还有半句，不说。

米红在《瑞丽》上又看中了一件长袖裙，靛蓝色横贡布，青果领，一根暗红腰带，五指宽，束在女人的细腰上，是日本和服的样式。

三保，你过来看看这件衣裳。

三保没反应，他正在专心致志地絮一件小花棉衣呢。宝宝的预产期是十月底，那时已是冬天了，棉衣什么的，要准备好。

米白坐在一边给宝宝织一顶贝雷帽，是似织非织的样子，织两针，看一眼三保；织两针，又看一眼三保。仿佛三保是一朵牡丹花。

三保，你过来看看这件衣裳。

米红又说，这一回提高了嗓门。她以为三保没听见。

三保还是不动。

米白急了，扯扯三保，说，叫你呢。

三保这才抬头，问，什么事？

你过来看看这件衣裳。米红指指杂志，她的手指白皙修长，葱段儿一般，戴个镶红玛瑙的戒指，煞是好看。

三保不过来看，三保站在裁衣板边，等着。

米红也等着。

留声机在咿咿呀呀地唱。听谯楼已报三更鼓，我玉林洞房小登科。见房中丫鬟已不在，我不免上前仔细看花容。朱凤珍喜欢一边干活，一边听戏。有时听起兴了，还会哼上半句。看花容，看花容。反反复复。就这半句。剪刀咔嚓咔嚓地。她正在裁一件中式衣裳，宝蓝色绸缎，金色卍字花纹，是苏全德的。苏全德看电视厨艺大赛，里面有个胖京厨，凭一道“凤凰展翅”（不过是香椿炒鸡蛋，配了几朵南瓜花），竟然夺了魁，把鲍鱼扇贝都比了下去。领奖的时候，就穿一件这样的衣裳。红光满面的京厨，在镜头前竖了拇指，说，穿中国衣裳，做中国美食。苏全德一下子很受启发，打算什么时候逮着机会，也在辛夷，至少在市长和市长夫人面前，这么亮一回相。只是，不知道市长夫人喜不喜欢吃南瓜花。

绸缎滑溜溜地，不好裁剪，一不注意，剪刀就偏了。朱凤珍的心思，一半在苏全德的衣裳上，一半在留声机上。没有注意这边发生了什么。

如果注意了，她肯定会说，三保，你没长耳朵？

或者说，三保，你聋了？

可朱凤珍什么没听见，也就什么没说。倒是米白，赶紧起身，鹅行鸭步到米红那儿，要把杂志拿了过来给三保看。

米红却不给了，冷了脸，把杂志啪地一扔，转身走了。

你为什么这样？米白说，对三保。

怎样？

叫你过去，你为什么不过去？

我不是正忙着絮棉衣？

絮棉衣急什么？宝宝出生，还有一个多月呢。

三保不说话，低了头忙着。

我不喜欢你这样。

三保翘了小指头，一针一针地给棉衣打行针。

下回不许了？

三保咬了线头，准备剪扣眼了。

好不好？米白的声音软软的，糯米般。

好不好？这一句更糯了。

好。

三保终于憋不住了。

在米家，家务基本都是米白做。

买菜是米白，做饭是米白，洗碗扫院子也是米白。

这是以前，米白还没有和三保结婚。和三保结婚以后，家务就是三保和米白一起做了，两人一起买菜，一起洗碗，一起洗衣裳——其实是米白洗，三保看。米白做事喜欢三保在边上陪她。

米白怀孕后，就颠倒了过来，由三保做，米白看。

但店里活儿多的时候，三保就做不成了，还得米白做。

三保担心。朱凤珍说，瞎担心。我生米红的头天，还坐在缝纫机上呢。

什么意思？难道米白也要做家务做到生产前一天？

米红呢？米红不是闲着么？三保在米白面前嘀咕。

米白说，米红不会做家务。

买菜都不会？

不会。

洗碗都不会？

不会。

扫地都不会？

不会。

那米红会什么？

米红会什么？米白不知道。米白只知道，在米家，米红米青都是不做家务的，米青是苏家弄的状元，要读书，没时间做家务；米红呢，打小让老蛾算过命，是娘娘命，也不能做家务。有谁见过娘娘还要做家务的？

没见过。娘娘当然不做家务。有那么多宫女太监服侍。梳头是别人，更衣是别人。天黑了有人掌灯，天热了有人打扇。娘娘自己，什么也不用做，衣来伸手，饭来张口就是。

状元不住在家里，住在京城，偶尔回来，也是做客，不做家务也就罢了。可娘娘什么的说法，三保就不以为然了。米红是什么娘娘？就算是，也是打入冷宫的娘娘，皇帝都不要她了。

三保这么说，米白不高兴了。米红是自己的姐姐，嫡亲嫡亲的姐姐，不兴这么刻薄她。女人离婚，等于是落难。米红现在就是贵人落难，他们要帮她，不是作践她。

再说，米白喜欢做家务。米白不喜欢做作业，不喜欢做衣裳。但米白喜欢在厨房里洗碗，在院子里扫地，喜欢拎了菜篮子到菜市场买萝卜白菜小鱼小虾。她不明白米青为什么会喜欢看书，书上不就是一行行字吗？黑蚂蚁一样，其实还不如黑蚂蚁好看呢，黑蚂蚁会排了队上树，会扛饭粒子。而书上的字，会什么？一动不动，是翘了辫子的蚂蚁。米红也奇怪，喜欢打麻将。打麻将有什么意思？老是那么几个人，老是那么一些牌，有菜市场热闹繁华？菜市场的菜，五颜六色，比花还好看；菜市场的小鱼小虾，活蹦乱跳，看了让人满心欢喜。那些菜贩子，可会吆喝呢，唱歌一样。青菜——青菜——早晨刚摘的带露水的青菜，其实是昨天卖剩的，刚打了水上去。米白不上当。米白会挑菜呢。萝卜要挑打手的，打手的没空心；蛾眉豆荚要挑毛茸茸的，毛茸茸的嫩；至于莲藕，要看情况，清炒要挑嫩的，嫩的爽口，炖汤要挑老的，老的炖起来粉。

米白打小，就开始和米老太太一起逛菜市场，也就是说，在买菜方面，米白练的是童子功呢。

扫地也是，洗碗也是，米老太太把自己的十八般武艺，一样不落地传给了米白。

米白在老米那儿，是朽木；在朱凤珍那儿，也是朽木；但在米老太太这儿，不是朽木了，不但不是朽木，而且是一块上好的木头，坚韧，密实，能由了米老太太在上面雕花刻朵。

米白热爱做家务呢，做家务就是做花朵呢。

把做家务看作是做花朵，三保还能说什么？什么也不能说。在米家，他以前是学徒，没有说话的份儿，现在是倒插门郎婿，还是没有说话的份儿。就是在米白面前说几句，也没用，米白听不进。米白简直是一匹绸缎，溜光水滑的，再沙的声音到她那儿，都滑溜一下，过去了，什么痕迹也留不下。

所以三保也不想白说了。他们是周瑜打黄盖，一个愿打，一个愿挨。只是在米家，周瑜多，黄盖少，就米白一个。三保心疼米白，怕被打坏了。

在米家，也就三保心疼米白了。朱凤珍不心疼，她的心，都在娘娘米红那儿，老米也不心疼，他的心都在状元米青那儿。以前还有米老太太，可米老太太过世了，疼不着米白了。

而且，最让三保心疼的，是米白自己都不疼自己。

其实，还有一个人在心疼米白，苏茂盛。

据苏全德说，苏茂盛本来可以当市长郎婿的。市长的小女儿，在银行工作，待字闺中很多年了，一直没有找到如意郎君。也是，金枝玉叶呢，全辛夷谁配得上？可市长夫人竟然看上苏茂盛了！虽然，市长夫人的意思表达得十分婉转。令郎多大了？二十六。二十六？好年华呀！我家敏敏，也二十六呢。哪天让他到家里去玩。年轻人，说不定谈得来。

市长夫人是在有一次偶然撞见苏茂盛之后对苏全德说的这几句，也没多说，就说了这几句。可这几句让苏全德激动得辗转难眠。苏全德怕自己理解有误，把呼呼大睡的老婆弄醒了，让老婆帮着分析市长夫人的话，逐字逐句地分析，分析完了，老婆也觉得没错，市长夫人应该是看上她宝贝儿子了。只是，市长小女儿怎么会是二十六呢？似乎不止。这一点，苏全德也怀疑。市长家千金的年龄，在市长夫人那儿，有点儿像辛夷的天气预报，每次不一样，没个准，有时二十七，有时二十八。这一次，竟然二十六了！

不过，这不要紧。二十六或二十八，有什么关系？关键是市长夫人看上苏茂盛了！也就是说，苏茂盛要当驸马爷了。

可苏茂盛不想当。无论苏全德怎么劝说，苏茂盛就是不肯上市长家玩。你就去一回，一回，我的爷。苏全德急得都要哭了，跟在苏茂盛屁股后面哀求。可苏茂盛说，要去你去。把房门砰地一关，不出来了。

苏全德怎么去？去不了。这事只能黄了。苏全德如丧考妣了很长一段时间。差点儿，就差小指头那么一点儿，他苏全德就要和市长成亲家了。皇亲国戚呢。可因为这小子，这不识抬举的小子，皇亲国戚泡汤了！

好在市长夫人贵人多忘事，之后再也没提过让苏茂盛去她家玩的事。不然，苏全德恐怕要被吓死了。违抗圣旨是要杀头的，市长夫人的话，虽不是圣旨，也是懿旨了。而且，在辛夷，谁都知道，懿旨比圣旨厉害呢。所以不说杀头，至少可以找个由头把他炒鱿鱼了。他在市委大院干了大半辈子了，不能老了老了，晚节不保，弄个炒鱿鱼的结果。

苏全德战战兢兢，一边战战兢兢，一边又忍不住在苏家弄吹嘘。全苏家弄的人于是都知道了苏茂盛差点儿成了驸马爷。也知道了苏茂盛还不肯当驸马爷。大家惋惜之余，看苏茂盛的眼光，不免很钦佩了——之前因为他是榜眼，苏家弄的人，已经高看他了，现在加上拒当驸马之说，简直让人高山仰止了。可王绣纹鼻子哼一声，说，那个驸马爷，不当也罢。这话显然有弦外之音了。为什么？为什么？苏家弄的人都好奇，王绣纹呢，要说不说的。苏家弄的人这下被撩拨得更好奇了，非缠着她说不可。王绣纹被缠不过，只好说了。原来那个金枝玉叶，有癫痫的毛病。平日看起来，也是好好的，可一发作，就嘴歪眼斜，口吐白沫，吓死人的。王绣纹的一个表亲，就在金枝玉叶的银行工作，亲眼看到过她发作呢。

原来是这样！苏家弄的人惊讶之余，顿觉十分安慰。一个苏家弄人的精神境界，不能比另一个苏家弄人高出太多，高太多实在让人受不了。如果苏茂盛不住在苏家弄，也和米家二丫头一样，到京城去了，那是另外一回事。外面世界的人，再飞黄腾达，再莫明其妙，和他们是不相干的，那是传奇，是茶余饭后的谈资，和花生瓜子什么的，功效一样。但在苏家弄的世界，他们要合情合理的现实生活。

金枝玉叶是癫痫的话，苏榜眼的行为，就合情合理了。

老蛾的儿子阿宝说，嘁！别说苏榜眼，就是我，打死也不娶一个癫痫呢！

这是阿宝杞人忧天了！谁打死他？市长夫人压根不知道阿宝是谁呢。

苏茂盛后来娶的老婆叫顾美丽。

这个名字让米红觉得好笑。她不知道这个女人为什么叫顾美丽，因为她全身上下，没有一点美丽的地方；米红也不知道苏茂盛为什么会娶这个女人，就像当初不知道他为什么会喜欢米白一样。

苏家弄所有的男人里，米红最看不懂的，就是苏茂盛。

可苏丽丽说，有什么看不懂的？他们是同事，每天低头不见抬头见，见着见着，就见出感情来了呗。

米红不信。见那样的一张脸，魔芋一样的脸，能见出感情来？

再说，有感情的夫妇不这样。在一个单位上班，从来没看过他们在弄堂里一起进出过，别的夫妇都是比翼双飞，他们呢，单飞。苏茂盛骑自行车，顾美丽走路，邮政局倒也不远，走路的话，也就二十来分钟。

菜市场在去邮政局的路上。米白早上去买菜，苏茂盛早上去上班，两人常常遇见。遇见了就打个招呼，上班？米白问。总是米白问苏茂盛，苏茂盛和以前一样，还是爱理不理的，但他看见米白，会把车闸一捏，双脚往两边地上一踮，自行车就在米白的面前停了下来。这种时候是米白拎了菜篮子，菜篮子里的东西多，苏茂盛要帮米白捎一程。米白开始时还推让，一个菜篮子，能有多重？别看米白个子小，力气大着呢，提一个小小的菜篮子，完全不在话下。别说一个菜篮子，就是米红，她也能背着走好远呢，从她家樟树下，到苏丽丽家的柚子树下。小时候，她和米红苏丽丽一起玩猪八戒背新媳妇，石头剪刀布，谁输谁先背，每次总是米白输，她先背米红，又背苏丽丽，累得气喘吁吁；苏丽丽也背了，苏丽丽力气更大，背了米红和米白，快步如飞；最后轮到米红了，米红却耍赖，不肯背，说，她长得这么漂亮，怎么好当猪八戒呢？只能当新媳妇。这是什么话？游戏不欢而散。苏丽丽生气了，说，下次再也不玩了。米白也附和说，下次再也不玩了。可下一次，米红一招呼，两人都忘了以前说过的话，又和米红玩了，还是玩猪八戒背新媳妇，她们轮着当猪八戒，米红当新媳妇。

米白结婚后还爱玩这个游戏呢，和三保玩。石头剪刀布，这一次，米白赢了，三保先当猪八戒，背米白。轮到米白背时，三保不让了，三保人高马大，米白娇小玲珑，怎么背？不压坏了？可米白非要背他，嘟了嘴，不走。三保就象征性地趴在她背上，两人四脚兽一样，走几步。有一次，在弄堂口碰上苏茂盛了。三保不好意思，赶紧从米白的背上下来。米白问，下班哪？苏茂盛不理她，面无表情地过去了。

三保有些讪讪的，可米白依然笑嘻嘻的，她习惯了苏茂盛的面无表情。

即使帮米白拎菜篮子的时候，苏茂盛也是那个样子。米白后来不推辞了——也推辞不了，苏茂盛总是不由分说，一把抢了米白的菜篮子，和以前在学校抢卷子一个样。米白只得乖乖地跟着他走了。苏茂盛走得快，米白走得慢。两人一前一后，隔得远远的。到米家院墙外，苏茂盛也不等米白，也不和米家人打招呼，兀自把菜篮子往院门口一放，骑上车，走了。

这事顾美丽知道，知道也没动声色。顾美丽一向是个沉得住气的人，遇上灯芯大的事就哭哭闹闹，那是没文化的妇人家干的事。而顾美丽是有文化的妇人，中专毕业生呢，读过《论语》，知道做事不能冲动，要三思而后行。

对苏茂盛帮米白提菜篮子这事三思的结果，是苏茂盛不可能会喜欢米白，那他为什么要帮米白呢？是醉翁之意不在酒，在山水。山水是谁？是米红。

苏家弄的女人，顾美丽觑过来觑过去，觑过去又觑过来，也只觑上一个米红。

推己及人，苏茂盛的眼里，也应该只有一个米红了。

虽然苏茂盛不好色。如果好，不会娶顾美丽。邮政局的同事都这么说。明说的是前半句，暗说的是后半句，她们一定会这么说的，背了顾美丽。带着三分酸醋，三分恶毒。尤其姜艳芬，有意无意地，总会这么刻薄顾美丽。顾美丽由她刻薄。她是顾美丽的女友，至少在外人看来如此。当初也喜欢过苏茂盛，还犹抱琵琶地表达过她的喜欢，可苏茂盛不知是不懂，还是假装不懂，态度一直不冷不热。把姜艳芬急成了玻璃灯罩外的一只蛾子。那又如何？辛夷是个小城，小城的风气如今虽说比以前开化，但也没开化到女人可以追男人。辛夷的婚姻观念，还是父母之命媒妁之言。最多，也是男人追女人。世上只有蝶恋花，没有花恋蝶；只有藤缠树，没有树缠藤。植物都懂的理儿，人能不懂？所以姜艳芬再急，也不能倒追苏茂盛。怎么办？只好求顾美丽了。两人是闺阁之友，私房话没什么说不出口的。而且，顾美丽这个人，不多话，和姜艳芬同事多年，从来没听她说过别人的是非。别人说，她笑笑，自己不说。所以，姜艳芬求顾美丽，不单因为她是女友，也是看中了顾美丽有守口如瓶的美德。姜艳芬的意思，是让顾美丽出面，撮合她和苏茂盛。媒妁之言嘛。当然，最好是顾美丽略施小计，让苏茂盛主动追姜艳芬。这应该也不难的，姜艳芬虽说不是倾国倾城之貌，但也是辛夷邮政局的一枝花，还是花魁——这是自封的。

顾美丽沉吟半天，答应了。女人都有做媒的癖好，但对顾美丽这种话不多的女人而言，却是勉为其难。我这是为朋友两肋插刀，顾美丽说。是是是，姜艳芬说，我知道。她领情。并赌咒发誓事成之后一定知恩图报——也要为顾美丽物色一个对象。这个难度可高，姜艳芬说，是玩笑的语气。可这玩笑话不该说的，有些伤人了。顾美丽倒也没恼，还是出面撮合去了。她请苏茂盛喝酒。苏茂盛不是很好请的人。可顾美丽开口，苏茂盛就没推辞。辛夷邮政局里，也就他们两个，能谈得来。虽然他们从来没有谈过。可感觉应该谈得来。他们是一类人，独来独往，不爱社交生活，爱读书。苏茂盛好几次看见顾美丽把书藏在抽屉里读，一边织毛衣，一边读。办公室里织毛衣的女人很多，但一边织毛衣一边读书的女人就只有顾美丽了。苏茂盛生出好感。什么书？有一次他主动搭讪，这在苏茂盛，是破天荒了。顾美丽把书的封面翻给他看，是钱钟书的《围城》。这本书苏茂盛也读过的。他们相视一笑。之后每次看见彼此的书，都会相视一笑。有了这样的基础，苏茂盛自然会和顾美丽喝酒。一边喝酒，一边谈读书心得。开始在福膳房，后来就不拘了。酒钱都是姜艳芬出的。这是自然。难不成媒人做媒还要自掏腰包？不能！顾美丽能为朋友两肋插刀，姜艳芬不说插刀，至少这点仗义也有。

可姜艳芬没想到，顾美丽撮合了一个月，不但把姜艳芬的一个月工资撮合没了，最后还把苏茂盛也撮合没了。

顾美丽说，她也没办法，她真是尽力了的。

这话姜艳芬信。如果不是后来发生的事，姜艳芬真会信顾美丽。

几个月后苏茂盛娶了顾美丽。没有过程。很突然的，邮政局的同事都接到了大红请柬，是顾美丽送的，不说话，只是春风满面地把请柬往人桌上一放。

再几个月，顾美丽生下了一个女儿。

姜艳芬差点气得吐血。这女人到底怎么和苏茂盛撮合的？

这事只有天知地知顾美丽知。

是的，顾美丽知。

最后那回喝的酒，是药酒，里面加了她姆妈偷偷从莲昌堂买回的中药。莲昌堂有一个秘方，在辛夷坊间很有名的。里面有淫羊藿、香附、菟丝子，还有一味药，说不上名字，暗红色，被碾成粉末状，有人说那是驴鞭，有人说是鹿茸，还有人说是加了陈年枸杞的狗屎。据说，男人喝了这个，就眼花缭乱了。即使母夜叉，也能看成美如花。乱性之后的男人，和牲畜是一个样的。对此，顾美丽的姆妈有经验。也不惜向女儿传授自己的经验。这是为老不尊。可尊不尊的事情，顾美丽的姆妈也顾不得了。顾美丽二十九了，不使毒招，怕要成老姑婆了。

本来那种酒一次喝一杯就可以的，喝多了，会出事。姆妈交待说。可苏茂盛喝了一杯之后，虽然面若桃花，却仍然没有动作，还在结结巴巴地谈《围城》。顾美丽于是铤而走险，又劝苏茂盛喝了一杯。这是给公猪下的剂量，顾美丽的姆妈说，公猪不起性，在食里下上这么个剂量的药，就把母猪追得满世界跑了。

苏茂盛吃了公猪的剂量，果然没扺抗住，把顾美丽当母猪了。

顾美丽比苏茂盛大两岁，还长得那么丑，这婚事苏全德夫妇一百个不乐意。别人介绍了多少门好亲？苏茂盛亲都懒得去相。弄得媒人后来都不敢上门了。说不知道苏家儿子最后要娶个什么样的美娇娘呢。那还是开始时的话，虽然有调笑的意思，也还是刮目相看的。但后来渐渐话就难听了。说苏茂盛那方面是不是有毛病哪？不然，那么大个后生，怎么会不思春哪？话传到苏全德夫妇这儿，苏全德夫妇气得七窍生烟。可这事也没法证明不是？总不能让苏茂盛像武考一样搭个场子在大家眼皮底下比试比试？只得由了别人信口胡吣。反正苏茂盛迟早要娶媳妇的。到时看他们还怎么嚼蛆？哪想到等了许多年，等来这么个歪瓜裂枣？苏家弄的人不笑得肚子疼？不，苏全德不乐意，一百个不乐意，一千个不乐意。也没用。苏茂盛还是要娶顾美丽。这是苏家的政治形势。苏家的政治形势是老子说了不算儿子说了算。别看老子动不动就喧嚣就叽叽歪歪，儿子苏茂盛基本不开腔。可人家一开腔，就金口玉牙了。苏家就这样，怪。

婚后两人不像夫妻，还是像同事。苏茂盛再也不和她谈读书心得了，似乎之前谈伤了，两人从此各读各的书。顾美丽倒也不怨，她本来也不是个能和人亲密的人，加上又做贼心虚。所以待人接物，在一贯的客气里，又掺了几分小心。这在苏家弄的人看来，倒也相敬如宾。

或许相敬如宾的夫妻才能过一辈子吧。顾美丽有时这样安慰自己。看别人如火如荼的恩爱，她心平气和，很笃定地等着。她等着看好戏呢。眼看她盖高楼，眼看她宴宾客，眼看她楼塌了。这些年，她看塌了多少高楼？

苏茂盛不知为什么，总是一副心不在焉的样子。他从来不看她，这倒好，她的脸原是经不起看的。别说他，就是其他人看她，她也总扭过半边脸，让人看她的耳垂，她全身上下，也就耳垂一个地方长得好。肉实，圆润，白里透红。她皮肤其实是暗哑的。可奇怪，一双耳朵，却明亮得很，像小灯笼一样透亮。看相的人说，她的福气，都在耳垂上。就凭两只耳垂，她能有一个好命，好姻缘。因为这个，她对自己的耳朵真是感恩戴德。她本来是不戴首饰的，戒指项链什么的，统统没有，但在耳朵上却朝贡般戴了一对耳花，周大福的，铂金镶紫玉。这于朴素的她，有些华丽了，幽暗隐约的华丽。她经常在镜子里侧了脸端详自己，在紫玉的衬托下，她的耳朵，如玉兰花一般了。这多少安慰了她。至少，至少她有一个地方是美的，比所有女人都美。

但苏茂盛什么也不看，或者说，什么也看不见。他的心到底在哪儿呢？鸟一样，飞在空中，渺渺茫茫，可总有一个地方栖身吧？天黑了，飞倦了，栖哪儿呢？顾美丽小心地试探过，把邮政局里有点姿色的女人闲闲地说了遍，尤其姜艳芬，顾美丽有意说了两次，两次苏茂盛都没什么反应。那么，苏茂盛的兴奋点，不在邮政局了，不然，按巴甫洛夫的条件反射理论，苏茂盛受了刺激之后，应该条件反射般兴奋的。

那就在苏家弄了。苏茂盛每日来来回回的，也就这两个地方，基本没有旁逸斜出过。顾美丽暗暗观察。唯一的线索是米白。可米白怎么可能呢？男人爱什么样的女人或许不好说，可不爱什么样的女人，顾美丽三十年来可是深有体会。米白的样子，比顾美丽还良家妇女呢。

可良家妇女米白的背后，还有不怎么良家的米红，这就合逻辑了，合男人的逻辑。苏茂盛这一招，是明修栈道，暗度陈仓。

这暗度之心，米红肯定知道。他们一个弄堂长大的，能不知道？或许早就暗度成了，也有可能。所以苏茂盛对女人才有那无可无不可，娶谁不是娶的草率。顾美丽几乎咬牙切齿了。第一次在弄堂里遇到这个女人，顾美丽对她的印象就不好。弄堂有些窄，她们迎面遇上，谁也没看谁。高跟鞋橐橐橐地，都是目不斜视勇往直前的姿态。走了十几米，顾美丽回头——这是顾美丽的习惯，对面过来的女人，她从来不正眼看的，她习惯回头看。没想到，这女人正好也回头，两个女人的眼睛撞个正着。顾美丽的眼睛一时慌成了惊弓之鸟，赶紧飞，飞到另外的地方。可就在这十分尴尬的撤退中，顾美丽还是瞥见了这女人的大概长相，以及表情。这女人的表情里有一种促狭的意味。她当时以为那促狭是冲她的回头来的，原来不是，是冲她的身份来的。这女人知道她是苏茂盛的老婆，所以那促狭里，有恶意的东西。

后来她们在弄堂里还遇见过几次。即使狭路相逢的状态下，顾美丽也是昂首挺胸，很坚决地目不斜视，再也没回过头。

她很婉转地向婆婆打听了这女人。女人叫米红。是裁缝铺朱凤珍的大女儿。是辛夷名人俞麻子的前儿媳。好吃。懒做。娇生惯养。还骄傲。还不守妇道。因为和莲昌堂的黄佩锦乱搞，被俞麻子家休了。

这在顾美丽的意料之中，尤其是米红的不守妇道。米红是如何不守妇道的呢？顾美丽问。她想听更多的细节。可婆婆说着说着，就跑题了，又说起了朱凤珍。说朱凤珍上梁不正下梁歪。总偷东家的布。雁过拔毛，鸡过鸭过也拔毛。不论贵贱，都偷。她扯块花洋布做床薄被子，回头看见米家的椅垫子也是那种花洋布，还拼了别的颜色。她扯块香云纱做衣裳，回头看见米家晒出来的被眉就是这种香云纱。朱凤珍这女人，爱偷布，所以她女儿才偷人。都是偷。一路货。婆婆在那儿说得唾沫横飞。可顾美丽对朱凤珍的偷不感兴趣，只对米红的偷感兴趣。米红是如何不守妇道的呢？顾美丽又问，漫不经心地。她一边织着毛衣。毛衣是婆婆的，是件烟灰色的开衫。婆婆哦一声，只好又转回来，开始说米红的不守妇道。顾美丽和婆婆聊天，总这样。有点儿像拉驴干活，时不时要吁一声，省得驴走岔了。一旦回到了正路上，顾美丽就又低了头，看上去是一心织毛衣了。

婆婆其实也是爱说米红的。米红这样的人，天生是要活在苏家弄人的闲言碎语里的。可婆婆说米红，就没有像说朱凤珍那么生动具体了。不知是压根没掌握细节，还是不好意思说细节。毕竟她们是婆媳，说男女那种事，多少还是有些不方便。所以，婆婆是蜻蜓点水似的说。虽然口气是铿锵激烈的。是讨伐的口气。说米红如何如何该死，如何如何十恶不赦。这让顾美丽觉得好笑。赦不赦的，不由婆婆说了算，由男人说了算，由苏茂盛说了算。或许正因为不守妇道，男人才更趋之若鹜吧？不守妇道在女人看来，是污秽；可在男人那儿，会不会反而是一种美德呢？至少在不守夫道的男人那儿。他们应该会有一种同志般心照不宣的惺惺相惜？即使是守夫道的男人，或者说，尤其对守夫道的男人，比如苏茂盛，会不会更如巫如蛊？说白了，男人这种生物，贱，总偏好不健康的东西。什么不健康就偏好什么。烟，酒，色，哪样不是销魂蚀骨的？可男人不怕，一个个前仆后继舍生忘死的。所以，顾美丽不是信不过苏茂盛，而是信不过男人。

她于是更加婉转地向婆婆打听米红和苏茂盛的历史关系。有什么历史关系？没有，完全没有，除了同住在苏家弄，苏茂盛和米红，没有一丁点儿关系。

婆婆撇得清清的。

可顾美丽不信。

因为苏茂盛总给米白拎菜篮子。因为米红那样促狭地笑。更因为，苏茂盛和米红从来不说话。顾美丽知道他们之间一定有鬼。

顾美丽准备捉鬼了。

米红那段时间不怎么上裁缝铺了。懒得。她看不惯三保和米白那种天仙配的样子。成了心要气她似的。她倒不气三保，虽然三保对她爱理不理的，可那爱理不理，有点儿，有点儿像恋人置气。三保生米红的气呢！当初三保喜欢米红，裁缝铺里的人都看出来了呢，可米红偏没事人一样，欢天喜地地嫁给了俞木。三保能不恨？可这恨是三保和米红之间的事，外人插不上手的。就算是米白，又怎样呢？依然是外人。可米白笨，不懂这个。每次三保对米红态度冷淡，米白在边上都急得不行，要么使眼色，要么扯三保的衣袖。仿佛那衣袖，是米白的绳子。米白用这根绳子来表明，三保是她的人。米红最看不得的，就是这个。米红从来不觉得，三保是米白的人。三保打十二岁到裁缝铺里来，就是米红的人了。一日奴，终身奴。男女关系，说到底，就是主仆关系。

这一点，莫说米白，连冰雪聪明的米青也看不懂。米青那个人，也就是读书厉害，对男男女女之间的事儿，其实没开窍。所以也时不时跳出来狗拿耗子多管闲事。一次饭桌上，大家团团坐了吃饭。因为是暑假，米青也回来了。桌上有粉蒸肉，老鸭炖芋艿，还有紫苏炒田螺。这在米家，是破例的。除了年节，或者来客人了。不然，米家的饭桌上一般不见两荤的。朱凤珍过日子，一向是个仔细的人。不仔细怎么办？别人家养儿防老，他们没养儿，只能自己给自己防老了。可米青爱吃肉。什么肉都爱吃，特别是五花肉，红烧，或者粉蒸，米青不嫌肥腻，吃得满嘴油汪汪的。那样子，老米看了心疼。食堂吃多了，所以肚子里没油水。老米掏了私房钱让米白加肉菜。朱凤珍也不拦，米青也是她的女儿呢。虽然这个女儿和她不亲。小时候是朱凤珍和米青不亲，后来呢，就是米青和朱凤珍不亲。等到米青考上大学去了北京，她们更生分了。有时米青和老米在院子里聊天，聊书上的事，聊北京学堂里的事，朱凤珍听馋了，也想凑热闹。一过去，米青就不说话了，低头看她的书去了。朱凤珍那个委屈，我是后妈呀？我是后妈呀？她对老米发脾气，她也只敢对老米发脾气，对米青，她是不敢的。

那天饭桌上一开始气氛很好，米青考上了北师大研究生，老米十分高兴。这在苏家弄，是史无前例的事。为了祝贺，老米还特意让米白温了一壶酒，黄酒，加了红红的枸杞，琥珀一样，好看得紧。米青端了老米的酒盅，又看又嗅，春日赏花般。老米让米青也喝一杯，米青不肯，有什么好喝的？中药一样。老米还劝，朱凤珍白他一眼，这老家伙，装疯呢，竟然劝自己女儿喝酒。可老米说，你懂什么？酒这东西，看谁喝。李白喝，是李白斗酒诗百篇；苏东坡喝，是明月几时有把酒问青天。陆游喝呢，是红酥手，黄滕酒——黄滕酒就是黄酒，黄酒是宋朝人最爱喝的酒，宋朝人就是因为爱喝黄酒，所以词写得好。你看看人家李清照，就喝黄酒，和老公赵明诚一起喝。喝得酩酊大醉。常记溪亭日暮，沉醉不知归路。这还算好的，还喝得宿醉。昨夜雨疏风骤，浓睡不消残酒。你们听听，多好的词！假如李清照不喝酒，能写出这种词？所以，这酒，米红不能喝，米白也不能喝，但米青要喝。不喝，是米青，永远是米青；喝了，哪天就可能成李清照了。这是胡诌了，中学语文老师老米平日一本正经不苟言笑，乏味得很，可一旦喝了酒，就饶舌了，还饶出了几分意思。米青大笑，什么理论？如果喝酒能把自己喝成李清照，那天底下的李清照，怕不要成捆成捆地当柴火卖！

米青不喝酒，米青吃肉。五花肉粉蒸，加了小麦酱，红彤彤的，也像花呢，有花的颜色，也有花的芬芳浓郁。米青大快朵颐着，那朵颐的样子，不雅得很，看上去简直不像个读书人。可老米喜欢。老米反正看米青什么都喜欢。老米说，人生得意须尽欢，莫使金樽空对月。米青说，不，人生得意须尽欢，莫使碗里没有肉。

这是什么文学研究生哪？把李白的诗，生生糟蹋成这个样子。老米咂口酒，很幸福地摇着头说。

朱凤珍也觉得幸福。虽然这父女俩说的话她一点儿也听不懂，可就是因为这听不懂，朱凤珍才更觉得幸福的——这才是书香门第呢，苏家弄里的人，除了他们米家，谁会这么说话？

如果不是因为一块鸭掌，那天饭桌上的气氛说不定就一直这么好下去了。

三保不小心搛了块鸭掌，真是不小心，他本来要搛的是芋艿。这是学徒时养下的习惯，吃素，莫动荤。动荤之前，要师傅开口。这是规矩。朱凤珍一般是不开口的。可有时家里来客人了，朱凤珍就会开口了，朱凤珍很和蔼地说，三保，你也吃肉。三保嗯一声，筷子还是很自觉地去搛面前的素菜。过一会儿，朱凤珍又说，三保，你吃肉。这回不是客气，是真的，三保这才搛上一块肉，多是皮皮骨骨。因为这个，米青曾经对朱凤珍很有意见，认为朱凤珍是剥削阶级，和苏全德一样，基本属于硕鼠硕鼠那类人。虽然朱凤珍的样子不是很硕，但性质是一样的。为了表达对硕鼠的反感，有一回当了朱凤珍的面，把一大块方方正正的肉放到三保的碗里。在米家，只有米青敢这么公然挑衅朱凤珍。

其他人，包括老米，一般都是趁朱凤珍不在饭桌上的时候才搞点小动作。米白会突然把自己搛的五花肉什么的，往三保的碗里扔。三保不肯吃，要扔回来，米白急了，捂住自己的碗，叫，三保哥，三保哥。老米皱了眉，说，一块肉，扔来扔去，真是。吃吃吃。

三保没办法，只得吃了。

这当然是以前，三保那时还是裁缝铺里的学徒。

和米白结婚后，三保成了米家的郎婿。学徒是学徒，郎婿是郎婿，身份不一样了。朱凤珍是懂礼数的人，所以，结婚第二天，朱凤珍看三保在饭桌上还是矜持得很，拘谨得很，就说话了。朱凤珍说，三保，以后就是一家人了，饭桌上，你莫客气。

老米也说，对对对，三保，你莫客气。

可三保还是客气，没办法，成习惯了。就算三保想不客气，可三保的筷子总老马识途般，往素菜盘里跑。米白心疼呢，米白说，三保哥，你是和尚呀？

什么意思？三保当然不是和尚，是和尚的话，怎么娶了米白？

那为什么总吃斋？

三保也想不吃斋，至少不吃全斋——先从荤菜里的素菜吃起，比如黄丫头烧豆腐，他挑豆腐吃；排骨烧莲藕，他挑莲藕吃；老鸭炖芋艿，他挑芋艿吃。

可一不小心却把鸭掌挑上来了。

在米家，鸭子的各个部位都被瓜分了的。老米喜欢吃鸭头和鸭脖子，朱凤珍喜欢吃鸭胸脯，米青喜欢吃鸭翅膀，米红和米白呢，两个事事不一样的人，却在吃鸭子这事上，一样了——都喜欢吃鸭掌。不过，米白把鸭掌叫鸭蹄。猪蹄，鹅蹄，鸭蹄，米白说，我全喜欢。那叫蹄呀？老米哭笑不得，明明是掌，只有哺乳动物才叫蹄呢。可米白每次还是鹅蹄鸭蹄地叫。孔夫子说，唯上智下愚不移。还真是。老米碰上这么个下愚，没办法了。

米红爱吃鸭掌，米白爱吃鸭蹄，可一只鸭子也就两只掌，或两只蹄。怎么办？如果在别家，这好办，一人一只就是了。可米家不一样。米红吃两只，米白吃零只。

除非家里杀了两只鸭，不然，鸭掌没米白什么事。

为什么？

不为什么。米家就这样。

好在米白随和，按米青的说法，是苟且。米白的性情苟且，米白的嘴也苟且。没有鸭掌啃，就啃鸭翅。米青总不在家，米青的鸭翅就归米白了。鸭翅和鸭蹄比起来，味道要差一些，米白觉得，可也不错，肉多。

三保拿手中的鸭掌，一时不知怎么办。自己吃？到底不习惯。给米白——按说应该给米白的，可师傅朱凤珍就在边上呢，他在米家是看惯了眉高眼低的。可给米红的话，怎么说得过去？犹豫了一秒钟，也就一秒钟，米红就看了过来。米红的眼神，怎么说呢，有些那个。至少在米青看来，不是一个大姨子应该有的眼神。

更不应该的，是接下来米红还把碗递给了三保，要三保帮她盛饭。

其实米红以前也这样。但以前是以前，现在是现在。以前米青眼睛看见了当鼻子看见了，哼一声，就算了。现在算不了。米青停下筷子，看米红，目不转睛地看。

饭桌上突然鸦雀无声。

米红没反应，依然旁若无人地吃她的饭。

啪的一声，米青把筷子往桌上一放，不吃了。

你知道三保是谁的老公吗？之后米青质问米红。

反正不是你的。米红想这么说，没说出口。

你这叫喧宾夺主。

又来了！米红最讨厌米青这样，不仅狗拿耗子，而且还爱掉书袋，从来不会好好说话，总是说着说着，就出来一个成语，唯恐别人不知道她有文化。

就算是米白的老公又怎么样？不过一个鸭掌，不过盛碗饭，有什么？

当然有什么！

别说一只鸭掌，就是一根鸭毛，也是米白的了，和你米红不相干。

怎么不相干？男女结婚能说明什么？一个男人和一个女人结婚了，并不就是这个男人爱上了这个女人，说不定正好相反，是因为他不爱这个女人，他爱另一个女人，但爱不上。怎么办？只好和别的女人结婚了。用结婚来表达他的委屈和怨恨。这怨恨，说到底，和爱也差不多。陈吉安娶苏丽丽是这样，三保娶米白也是这样。这种难言之隐，只有米红懂。

所以，不论米青说什么，米红当它是风，吹过了就吹过了，伤不着米红的根本。米红内心结实丰饶着呢。男人的爱，在暗里沤久了，就沤成了肥呢，把米红养得枝繁叶茂。这些米青哪懂？别看米青二十多了，读了数不清的书，有时说起话来，一套一套的，和西街的沈半仙差不多。可其实，除了书，米青又知道什么？要是她们姐妹关系亲密些，亲密到可以说说体己话，或许米红就告诉她了，男人有多好，男人的爱有多好，男人暗地里的爱又有多好。不说那些金银珠宝的好，那些绫罗绸缎的好，即使只是眉里眼里的好，也比书好过许多呢。女人整天抱本书，有什么意思？不如母鸡抱窝呢，母鸡抱窝还能抱出小鸡来，女人抱本书能抱出什么？什么也没有，只是白白把自己的青春抱老了。可米红和米青之间从来不说这些闺阁话。事实上，米红和米青不单不说这些闺阁话，就是闺阁外的话，米红和米青也不说。

倒是和苏丽丽，有些事可以说说。

苏丽丽这个人，情重。她自己这样说自己。然后批评米红无情无义。

隔些日子，只要米红没去看她，她就怨妇似的。她想米红呢。可陈吉安店里忙，儿子陈迭戈才四岁，女儿陈西西呢，还不到两岁。她左手牵一个，右手抱一个，坐了小黄鱼到苏家弄来，说看王绣纹。结果看了几分钟不到，就把陈迭戈陈西西往王绣纹那儿一放，自己溜了。溜到米红那儿，两人嘀嘀咕咕几小时，把天都嘀咕黑了，才回家。王绣纹不高兴，问，你想学打麻将？

苏丽丽莫明其妙，说，不想呀。

王绣纹说，那你想离婚？

我为什么想离婚？

王绣纹说，哦，那我知道了，你是想找野老公。

苏丽丽火了，说，你有病？这么说话。我为什么想找野老公？

王绣纹说，不想学麻将，不想离婚，不想找野老公，为什么和米红黏在一起？我当你要拜师学艺呢。

什么拜师学艺？好心当作驴肝肺，我明明是带迭戈和西西来看你。

王绣纹说，拜托，你下次还是别来看我了，我吃不消。

苏丽丽说，嘁，不来就不来，我再也不来了，让你想死我们家迭戈和西西。

王绣纹说，行行行，你让我想死一回。

可还不等王绣纹想死呢，苏丽丽就憋不住了。又来了。

她怪米红。你让我成了一个没志气的人，你来看我，我就不来苏家弄了，省得王绣纹噜苏。

其实，米红偶尔也去苏丽丽那儿。

不是米红想苏丽丽了。米红从来不想苏丽丽的，这一点，苏丽丽也知道。苏丽丽说，我这是单相思。米红好笑，还单相思，你当自己是梁山伯呢。苏丽丽说，我就是梁山伯。米红说，那你让陈吉安当祝英台，我可不想和你化蝶。又不是玻璃。

说到玻璃，两人忍不住大笑起来。她们想起了辛夷的玻璃，新华书店的那个男店员，就是一块玻璃。总是坐在柜台里面织毛衣，刘海儿长长的，斜披下来，他时不时地，用中指去掠一下，那动作，几乎很妩媚的样子。传说他衣服下面还穿了大红胸罩——这传说后来被证实了，是陈吉安他们证实的。陈吉安班上有一个男同学，长相非常俊美，也爱读书，每次去新华书店，那个店员都会借机吃豆腐。假装介绍书，用手去碰他的手，或者贴身站在他的后面，磨磨蹭蹭的。这种恶心的事儿不止发生过一回，开始他不好意思说，忍着，毕竟这事有点儿难以启齿，后来店员得寸进尺，表情和动作愈来愈过分，他实在忍无可忍了，就告诉了他朋友。他朋友可不是盏省油的灯，伙同陈吉安他们恶整了一回这个店员，让那个男同学把他约了出来，就约在辛夷河边，大冬天，他们把他剥得一丝不挂，衣服都丢进了辛夷河。他果然穿了大红胸罩，还是带蕾丝边的。

那个玻璃后来不见了，有人说他被新华书店开除后上吊了，也有人说他去了北京。

陈吉安和她们说这些的时候，还不是苏丽丽的老公，他们三个人坐在"李记"里，喝啤酒，嗍螺蛳，谈论他们职高的那些老师。他们谈论最多的，就是尤小美了，因为尤小美是职高最风骚的女老师。这种时候苏丽丽总是十分兴奋，只要陈吉安在，无论说什么，她都很兴奋，发情的雌猫一样，喵喵喵，叫个不停。她喜欢陈吉安，而陈吉安又喜欢米红。三个人经常猫捉老鼠一样玩。

到最后，还是苏丽丽这只雌猫，把陈吉安捉了。

米红有些酸酸的。要是知道陈吉安以后真能开这么大的汽车维修店，米红当初或许就嫁陈吉安了。陈吉安在职高时学的是机电维修，说过他以后要开汽车维修店的，要开辛夷最大的汽车维修店，可那时候的话怎么能作数呢，苏丽丽还雄心勃勃说过她要到西班牙去开瓷器店呢，要到西班牙找男人呢，可现在别说到西班牙开瓷器店找男人，就连西班牙，她都没去过，西班牙男人的一根汗毛，也没碰过。年少时说的话，梦一样。谁知道陈吉安能美梦成真。

陈吉安现在的店在城北，离她前夫俞木家不远。

开张时她过去，吓一跳，店面很大，有一百多平方呢。还有好几个伙计，他们都叫陈吉安老板。老板，那辆夏利修好了，是机油滤清器的问题。老板，polo车主来了。陈吉安噢一声，或者把左边的唇角牵一牵，牵出个小小的酒窝。真是小小的，就在唇边上。这让他一向有些严肃的脸，变得温柔了。米红在边上有一眼没一眼地看着，看陈吉安的脸，也看陈吉安其他的地方。以前朱凤珍说过，看男人混得好不好，不用看其他地方，只看屁股就够了，潦倒的男人，屁股也潦倒，卷心菜一样，夹得紧紧的；而春风得意的男人，屁股就如开放的牡丹花朵一样。

陈吉安现在的屁股，果然如开放的牡丹花朵一样了。

这朵牡丹本来可以是她的，但现在是人家苏丽丽的。苏丽丽的样子，现在也有些变了，她原来黑，瘦，是难民的形象。但婚后生了两个孩子，反倒把自己生好看了。除了眼睛更细长些，她的身材，她的皮肤，尤其她的翘嘴，几乎有点儿像香港演员舒淇了。这是米红发现的，她们有一次一起看电视，在电影频道看《千禧曼波》，一部很奇怪的电影，米红和苏丽丽都看不懂。苏丽丽说，这女演员长得真难看。米红不说话，她本来想说苏丽丽和舒淇长得很像的，但话到唇边，她又没说了。她怕苏丽丽告诉陈吉安。

米红来找苏丽丽的时候，一般是和城西杂货铺老板娘闹了矛盾。那个杂货铺老板娘，米红有些吃不准。她对米红，多数时候是好的，尤其黄佩锦在的时候，她分外热络。米红，你莫不是要这张牌？她翘了兰花指，把一张白板打了出来。米红真是单吊白板呢。混一色万子，东南西风，红中发财，就和白板一张牌，可白板是绝张，米红以为没希望和了呢，结果却有了，还是大和。一时激动得满面春风了。黄佩锦哟哟哟地，很肉痛的样子，表情却也是满面春风的，好像是他和了牌，嘴上还怪老板娘，小姚——他一直叫老板娘小姚的，虽然老板娘比他还大，你怎么搞的，明知道米红要这张牌还打？老板娘乜他一眼，拖长了腔调说，我不过猜的，哪知道她真要哇。

牌桌上的气氛一时很好了。这时候黄佩锦就会在桌下趁机搞点小动作，用腿去贴米红的腿，米红由了他，继续若无其事地打着牌，不过，也就几秒钟的放任，超过了几秒钟，米红就会把自己的腿撤退了。这是米红的原则，出淤泥而不染，米红是藕呢，是荷呢，虽然身在污泥，也离不开污泥的营养，但最后还是要洁身自爱的。

老板娘的脸色立刻就变了，似乎她的脚长了眼，能看见桌下的把戏。每次总这样。她自己可以对米红好，偶尔也怂恿黄佩锦对米红好，可一旦黄佩锦真对米红好了，她又不肯了。就那么来来回回地扯。黄佩锦对米红远了，老板娘就把他推近一点，黄佩锦对米红近了，她就把黄佩锦推远一点。不知道这个女人到底什么意思。

为了晾一晾黄佩锦，也晾一晾老板娘，米红会隔上一段时间不上城西。这是米红的性格，米红其实也很耽溺于老板娘那儿的快活，但她会管住自己的腿。她不能让老板娘看出她的耽溺。老板娘那样的女人，米红不想有什么把柄在她手上。

可米红到底也闲不住。这时候她就去看苏丽丽。

有一回，苏丽丽不在，上乡下她姨妈那儿去了，她姨妈做五十大寿，苏丽丽带着陈迭戈陈西西去吃寿宴了。店里只有陈吉安，几个伙计不知为什么也不在。米红本来应该走的，却一时起意，没走。这是第一次，米红和陈吉安单独在一起。电扇在头顶嗡嗡嗡地吹着，却还是热。米红拿了手绢当扇子，一下一下地扇着脸。这鬼天，才六月，怎么就这么热了。米红抱怨，陈吉安转身到隔壁店里给米红拿了瓶冰汽水，七喜的。隔壁是家洗车店，店门边角落里竟放了一个大冰柜，兼卖冷饮。两个洗车妹一人拿了块蓝色的抹布站在门口打闹，你昨晚和谁在一起？没和谁呀，一个人。鬼信，我明明看见你和小胡出去了。你别乱讲，人家是有老婆的。米红扑哧笑出声来，问陈吉安，小胡是谁？陈吉安也笑，微微地，却不吱声。原来也这样，他们三个人在一起，都是苏丽丽讲，苏丽丽大笑，咯咯咯地，一个人，笑到喘不出气，疯子一样。他们两个人在边上微微地笑，陈吉安会时不时地看米红一眼，米红知道，却不看陈吉安，只看着苏丽丽。但现在米红看陈吉安了，陈吉安却只是低头转着手里的汽水瓶子，很缓慢地转，几乎有温存的意味，仿佛那汽水瓶子是个婀娜窈窕的女人。你是什么时候爱上苏丽丽的？冷不防，米红突然问出这么一句。这句话在她心里憋了许多年了，她早就想问陈吉安了，早在他和苏丽丽结婚前。那个夏天，他怎么和苏丽丽单独去辛夷河边了？他们一向不是三人行的嘛？怎么突然搞二人行呢？

米红是要陈吉安解释的，或者说，倾诉衷肠。以前她从来没有给过他这个机会，每次都要把苏丽丽带在身边。米红那时在婚姻上是有远大理想的人，是要过富贵生活的，怎么能稀里糊涂地嫁一个修自行车人的儿子？所以她怕陈吉安挑破了，她是好人家的女儿，有自己的道德，没挑破之前，她能心安理得地接受陈吉安的好。她喜欢那种好，明里是同学和朋友之好，暗里却是男女之好。米红希望那样的好，能天长地久下去。没想到，他娶苏丽丽了。这是负气，米红知道。你不是总把我往苏丽丽那儿推么？我就和苏丽丽好给你看。陈吉安这么说，或者，米红指望陈吉安会这么说。他们还没有了结呢。几年过去了，中间隔了几千个日子，她和他坐在一起，感觉熟稔一如从前，从前那金子般的时光。艳丽的，蹁跹的。他和她，是两只斑斓的昆虫，因为突然的灾难，被困在某块化石里。现在时机凑合，又解放了出来。艳丽的，蹁跹的时光。

米红一时有些痴。电扇还是嗡嗡嗡地，不知是不是因为旧了，还是哪块扇叶出了毛病，隔些时间会发出喀的一声。嗡嗡嗡，喀。嗡嗡嗡，喀。

门外是六月的阳光，金子般的。

陈吉安突然俯身过来，米红慌了一下，她以为他要抱她，像多年前他在芦苇里突然抱住苏丽丽那样。苏丽丽说，陈吉安从后面一抱住她，手就摸上了她的胸，老鹰抓小鸡般的，一手抓一个。苏丽丽不要脸，说起这事总是眉飞色舞，把米红听得面红耳赤。她总是想起那个画面，总是想起。

如果，如果他又要老鹰抓小鸡，怎么办？怎么办呢？不过一秒钟的工夫，米红已经千回万转，千回百转之后，米红拿定了主意，她不会让他得逞的，她不是苏丽丽。贱。他晾了她这么多年，她不能就这么放过他。

却没有。米红是虚惊。陈吉安只是俯身过来放汽水瓶子，他们中间有个小凳子，陈吉安把瓶子往凳子上一放，说，提那些陈谷烂芝麻做什么？没意思。

没意思。陈吉安说没意思。

米红是在弄堂口碰到苏茂盛的。苏茂盛一只手推着自行车，一只手扶着车后面的纸箱子。是云南的紫皮核桃。苏茂盛说。也不看米红。兀自从箱子里拿出一包塞给米红。米白喜欢吃榛果，橡子、毛栗、核桃什么的，苏茂盛知道。

顾美丽就是这时候从后面冲上来的，上来就是一耳光。

米红没反应。她有些晕。眼前有无数金星，在六月的太阳下闪烁，耳朵里嗡嗡嗡地响，还是刚才陈吉安店里电扇的声音。嗡嗡嗡，咯。嗡嗡嗡，咯。

没意思，陈吉安说没意思，他怎么可以说没意思。

他哪怕怨她，哪怕骂她。都好。却没有。就一句没意思就了结了。

米红不甘心。苏丽丽有什么好？能好过米红么？米红都离婚了，前夫俞木爱上了别的女人。可陈吉安却作出要和苏丽丽白头偕老的样子。给谁看？

还有米白。米红真不知道米白好在哪儿？值得苏茂盛这样的男人如此念念不忘。世上如果还有什么比金银珠宝好，比绫罗绸缎好，那就是一个男人默默的好。这种好，米红都没有呢，可米白却有了。

可顾美丽为什么打她呢？疯了吗？

苏家弄的人也奇怪。中午，许多人都看见顾美丽打米红了。老蛾还在弄堂口卖酒酿，王绣纹正好和她家的卷毛狮子狗从店里回来吃午饭，还有阿宝，正抱了胳膊站在酒酿摊子后面看街上的热闹。

谁也没料到，能看到这么出好戏。

不到半个时辰，这出好戏就在苏家弄传开了。

只是，这戏文有些蹊跷。米家的大女儿不是和“莲昌堂”的黄佩锦好吗？怎么又和苏全德的儿子苏榜眼搞上了？

但阿宝不蹊跷。苏榜眼的老婆顾美丽长成那个德行，苏榜眼如果还守身如玉，那才蹊跷呢。自古吕布爱貂蝉，而米红，就是苏家弄的貂蝉，苏榜眼爱上她，说明有眼色。之前阿宝对苏茂盛，因为顾美丽，颇有几分鄙视的。现在不鄙视了，不仅不鄙视，而且还刮目相看。能和米红暗里有一腿的人，不简单！其实，阿宝对米红也垂涎三尺呢，可一直垂涎不上，米红不搭理他。每次都是一脸的贞节牌坊。原来这牌坊也是个豆腐渣工程！好，豆腐渣工程好！只是，苏茂盛是怎么勾搭上米红的？阿宝好奇得很，兴奋得很。回头一定要找个机会，好好请教请教苏榜眼。

朱凤珍知道这事后闹着也要去打顾美丽，当着苏家弄人的面，不然，这污水就一辈子泼在米红身上了。可王绣纹劝她最好不要去，王绣纹说，顾美丽的弟弟，是流氓，绰号顾老三，因为他在“葵花帮”里坐第三把交椅。“葵花帮”是辛夷有名的黑帮，里面的人个个凶神恶煞，杀人不眨眼的。苏茂盛为什么会娶顾美丽？因为顾老三！顾老三到苏茂盛的办公室坐了几分钟，就把苏茂盛坐成了姐夫。

老米一听，吓得不让朱凤珍去了。不过一巴掌的事，到时别弄出人命来。

朱凤珍还咋呼了一下，到底也怕流氓，这事就不了了之了。

苏茂盛知道朱凤珍让老蛾来提过亲的事时，米白和三保的两个儿子都上小学了。

米白生了双胞胎，双胞胎都是儿子。苏家弄的人说，朱凤珍的采阳补阴终于生效了。

苏全德说，早知道米白这么会生儿子，当初不如答应朱凤珍的提亲。都怨你，说什么癞蛤蟆想吃天鹅肉。

苏全德的老婆不服气，怎么怨我呢？那时你不也是这个意思。

苏茂盛这才知道当初朱凤珍来提过亲。

却晚了——就算没晚，又怎样？

世间的男女，不一定都要成夫妇的。世间的好，也不只有夫妇之好。

苏茂盛在弄堂里进进出出的时候，经常会碰到米白。米白买菜，米白送两个儿子上学，米白和三保从裁缝铺里回家——多少年了，这两人有时还是会玩那种四脚兽的把戏，也不嫌幼稚！

每次碰上了，米白都笑嘻嘻的，苏茂盛不笑，板了脸，依然很严肃的样子。

（完）